失去聲音的腳

編輯序

當孩子不愛讀書……

慈濟傳播人文志業出版部

親師座談會上，一位媽媽感嘆說：「我的孩子其實很聰明，就是不愛讀書，不知道該怎麼辦才好？」另一位媽媽立刻附和，「就是呀！明明玩遊戲時生龍活虎，一叫他讀書就兩眼無神，迷迷糊糊。」

「孩子不愛讀書」，似乎成為許多為人父母者心裡的痛，尤其看到孩子的學業成績落入末段班時，父母更是心急如焚，亟盼速速求得「能讓孩子愛讀書」的錦囊。

當然，讀書不只是為了狹隘的學業成績；而是因為，小朋友若是喜歡閱讀，可以從書本中接觸到更廣闊及多姿多采的世界。

問題是：家長該如何讓小朋友喜歡閱讀呢？

專家告訴我們：孩子最早的學習場所是「家庭」。家庭成員的一言一行，尤其是父母的觀念、態度和作為，就是孩子學習的典範，深深影響孩子的習慣和人格。

因此，當父母抱怨孩子不愛讀書時，是否想過——

「我愛讀書、常讀書嗎？」

「我的家庭有良好的讀書氣氛嗎？」

「我常陪孩子讀書、為孩子講故事嗎？」

雖然讀書是孩子自己的事，但是，要培養孩子的閱讀習慣，並不是將書丟給孩子就行。書沒有界限，大人首先要做好榜樣，陪伴孩子讀書，營造良好的讀書氛圍；而且必須先從他最喜歡的書開始閱讀，才能激發孩子的讀書興趣。

根據研究，最受小朋友喜愛的書，就是「故事書」。而且，孩子需要聽過一千個故事後，才能學會自己看書；換句話說，孩子在上學後才開始閱讀便已嫌遲。

美國前總統柯林頓和夫人希拉蕊，每天在孩子睡覺前，一定會輪流摟著孩子，為孩子讀故事，享受親子一起讀書的樂趣。他們說，他們從小就聽父母說故事、讀故事，那些故事不但有趣，而且很有意義；所以，他們從故事裡得到許多啟發。

希拉蕊更進而發起一項全國的運動，呼籲全美的小兒科醫生，在給兒童的處方中，建議父母「每天為孩子讀故事」。

為了孩子能夠健康、快樂成長，世界上許多國家領袖，也都熱中於「為孩子說故事」。

其實，自有人類語言產生後，就有「故事」流傳，述說著人類的經驗和歷史。故事反映生活，提供無限的思考空間；對於生活經驗有限的小朋友而言，通過故事可以豐富他們的生活體驗。一則一則故事的累積就是生活智慧的累積，可以幫助孩子對生活經驗進行整理和反省。

透過他人及不同世界的故事，還可以幫助孩子瞭解自己、瞭解世界以及個人與世界之間的關係，更進一步去思索「我是誰」以及生命中各種事物的意義所在。

所以，有故事伴隨長大的孩子，想像力豐富，親子關係良好，比較懂得獨立思考，不易受外在環境的不良影響。

許許多多例證和科學研究，都肯定故事對於孩子的心智成長、語言發展和人際關係，具有既深且廣的正面影響。

為了讓現代的父母，在忙碌之餘，也能夠輕鬆與孩子們分享故事，我們特別編撰了「故事home」一系列有意義的小故事；其中有生活的真實故事，也有寓言故事；有感性，也有知性。預計每兩個月出版一本，希望孩子們能夠藉著聆聽父母的分享或自己閱讀，感受不同的生命經驗。

從現在開始，只要您堅持每天不管多忙，都要撥出十五分鐘，摟著孩子，為孩子讀一個故事，或是和孩子一起閱讀、一起討論，孩子就會不知不覺走入書的世界，探索書中的寶藏。

親愛的家長，孩子的成長不能等待；在孩子的生命成長歷程中，如果有某一階段，父母來不及參與，它將永遠留白，造成人生的些許遺憾——這決不是您所樂見的。

推薦序一

給一華的一封信

許靖敏（原台北榮民總醫院社工師）

一華：

雖然無法親口告訴妳，還是要恭喜妳：童話終於集結成書出版了！

當初在工作機緣下與妳結識，正是妳重病之時；雖然只有短短將近兩年的相處，妳卻在我心中留下了深刻的印記。

猶記初識之時，只約略從醫師口中得知妳是一個畫者。直至訪視病房，常見妳拉開窗簾，讓外面的陽光透進來；桌上擺著紙筆、戴副眼鏡坐在病床邊閱讀，氣定神閒狀或輕啟笑容。有時，妳主動分享在病房遇到的人事物，聽妳描繪風阿姨和雲婆婆的故事……好美！一些不起眼、細微的人事，有時甚至是讓人不喜愛的，在妳的述說裡，都增添了許多美麗浪漫和趣味；彷佛醫院裡的病痛苦悶，似乎是不曾對妳招手的陌生人。我好奇著……妳與其他病患的不同。

後來，有機會聽妳述說生命故事，才知原來並非是病魔特別禮遇、善待妳，而是閱讀早已是妳生活的一部分。書本，是妳童年失學、生命艱困時的良伴；寫作，初始是妳兒少期心情的表達，之後妳愛上了它，開始在此下功夫。個性善良堅強的妳，有著愛美的特性，喜歡創造；加上早年生命所歷經的困頓，因而使妳鍛鍊出內在豐厚的力量，能夠從不同角度看待欣賞事物。也因此，大手術後的復原期，妳甚至可以把醫院見聞寫成了最後一篇童話：〈奇木爺爺〉。

此後，才知妳幾年來陸續有童話創作發表於報章雜誌。儘管那些童話均完成於妳生命中最艱難時期，卻從中處處看得到生命的美、良善和童趣；我相信，這正是妳想與人分享的。

未曾問過妳，何以妳特別喜愛孩子？妳教兒童畫畫、寫童話；見妳與孩子相處，那時的妳就像是個大孩子般，眼神綻放天真的光。

但我知道，為了彌補無正式教育學歷的缺憾，妳以正直、高標準、不畏難、堅持所愛、勇往直前的毅力，努力實現早期立下的夢想，這正也是讓我佩服感動之處。單身未婚的妳，投注心血在自己喜愛的創作上，就如妳在最後一次畫展中形容自己是：一輩子都在寫作、畫畫的人；這些作品，就好像是妳自己懷胎十月孕育而出的孩子。我想，妳也如每一位父母般期待孩子能夠長大成熟，對他人有所貢獻；每次讀起妳的童話，腦海總不禁浮現妳和孩子相處的畫面。

還記得我在妳離世前，於耳畔的許諾——讓作品與更多人分享。雖然畫作部分仍在努力中，但妳一定很高興此書的出版！讓妳的童話能夠陪伴大小朋友，帶給讀者樂趣；如同當初書本陪妳度過孤寂時刻般，讓妳的書也撫慰每一顆渴望飛翔的心靈。

靖敏

推薦序二

陳一華其人其作

徐錦成（國立高雄應用科技大學文化事業發展系助理教授）

陳一華，本名陳壹華，台灣台北人，一九五二年八月十九日生。二〇〇六年五月十二日，因癌症病逝於台北榮總大德安寧病房，享年五十四歲。

陳一華生前從未出過書、從未得過文學獎。依文學界的慣例，很難稱這樣一個人為作家；因此，陳一華的去世，在台灣文壇未泛起絲毫波瀾。事實上，陳一華也幾乎不與文壇人士來往。要描述這樣一位辭世作家，我們只能透過有限的文獻及她幾位朋友的資料提供，拼湊出如下的樣貌——

陳一華出生於台東。養父過世後，曾隨養母、繼父搬至高雄。讀過兩年國小，之後便輟學，未再接受正規教育。大約九歲時搬到台南東山鄉。她的青春時期做過些什麼事，並不清楚；只知道她上台北，學過畫，參加過寫作班，也在大學旁聽或參加外面不少課程，廣泛接觸哲學、宗教、音樂、戲劇、舞蹈。她喜歡唱歌、跳舞、演戲，會不少樂器，也在合唱團好一段時日，並在才藝班教過兒童畫。

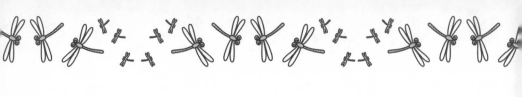

二〇〇〇年，陳一華得知自己罹患癌症。大約同一時期，她開始創作童話，並向《國語日報》等媒體投稿。

二〇〇三年九月到二〇〇四年三月，是陳一華童話創作豐收的季節。《國語日報．兒童文藝版》以「詩一般的童話」為專欄名稱，半年內密集刊出二十篇陳一華童話。恰巧二〇〇三年九歌首度出版《年度童話選》，陳一華以〈海星郵票〉一篇入選《九十二年童話選》。之後的《九十三年童話選》以〈失去聲音的腳印〉入選及《九十四年童話選》以〈小號角貝殼〉入選，陳一華均未缺席。二〇〇六年七月，天衛文化一次推出四本《二〇〇〇～二〇〇三年臺灣兒童文學精華集》，陳一華更以〈春風裡的秋千〉、〈七彩星星〉、〈海星郵票〉等三篇，分別入選二〇〇〇、二〇〇二、二〇〇三年作品。以一位未出書的作者而能獲年度文學選集如此青睞，在台灣文學界堪稱異數。

在九歌版《九十三年童話選》中，陳一華曾自述：「寫『詩一般的童話』專欄時，我病得很嚴重，寫完即住進醫院，住了好長一段時間，在生死一線間掙扎。童話陪伴我，讀、寫的愉悅，讓我忘記病痛，忘記病房黯沉的氣氛。感謝上天的恩寵，我又能夠繼續讀書、畫畫、寫童話。」從這段自述中，可以看出陳一華對於生命、閱讀、繪畫、寫作的珍惜與喜愛。

陳一華自二〇〇四年六月首度住進台北榮總；期間因病情反復，幾度進出。榮總曾於二〇〇六年三月二十八日至四月十一日在醫院文化走廊為陳一華舉辦過一次畫展，那是她生前唯一一次畫展。二〇〇七年七月十三至二十六日，陳一華的第二次畫展在台北社教館展出兩週；不過，這時她已過世一年了。陳一華生前未與畫壇往來，在畫壇毫無名氣。她所留下的近百幅畫作的價值，仍等待有心人發掘及肯定。

陳一華的童話，如今終於由慈濟傳播人文志業基金會出版。可以預料，陳一華其人其作將在台灣童話史上留下深刻的痕跡。

附記：本書的三十則「給小朋友的貼心話」均由青年作家劉怡妙小姐執筆，謹此說明並致謝。

目錄

春風裡的鞦韆

常春藤的種子在地層裡面，已經住了很長很長一段日子了，她等待著春天的來臨。

一年一年的過去，春天仍然沒有消息。

蟋蟀鑽呀鑽，鑽到她的門前，嘰嘰唱個不停。

「春天來了嗎？」常春藤問蟋蟀。

「不知道耶！我唱歌給夏天聽。」

「春天什麼時候會來？」

蟋蟀想了想，搖搖頭說：「我只認識夏天。」

時間又過去一陣子。

一條細水流，滲透進了土壤，從屋旁流過。

「春天來了嗎？」常春藤的種子問。

「春天？過去了！」流水說。

「真的？我怎麼不知道？」

「你離地面太遠了！所以聞不到春天的味道。」

「春天有什麼味道？」常春藤種子好奇的問。

「有花香、青草香、樹木長出來的新芽香，還有雨水灑在泥土的潮濕香……」

常春藤種子牢牢記住這些名稱，她想像著，那是什麼樣的香味呢？想著想著，蚯蚓來當她的鄰居時，她都沒注意到。

「嗨！這裡比較暖和呢！」蚯

蚓說。

常春藤種子想得太入神了，沒有回應。

「嘿！」蚯蚓又喊了一聲。

這回她聽見了，便向蚯蚓招手。

「你還好吧？」蚯蚓湊近來說。

「我在想什麼是花的香味、什麼又是草的香味？」

「你沒有聞過嗎？」

「沒有，流水說我住得太深了，所以聞不到。」

「的確。不過，現在也沒有花草香。」

「春天還沒來嗎？」

「對啊！現在是冬天。」

「春天什麼時候會來？」

「快了！」

「唉！」常春藤種子嘆了一口氣。

「不要嘆氣！春天很快就來了！」

「可是，我在這裡還是聞不到那些春天的香味呀！」

「這簡單。你搬到離地面近一點的地方，不就行了！」蚯蚓說，「乾脆讓我帶妳去吧！反正我正在過冬，閒著也是閒著。」

蚯蚓費了好幾天，挖通一條地道。地道那頭，有一間可愛的小屋，小屋的牆外就是地面。常春藤種子住進去剛剛好，蚯蚓也搬來住在隔壁。

「地面越來越暖和了！」蚯蚓歡喜的說，「要是再有個窗戶該多好，香味就能夠飄進來。」

蚯蚓又在小屋兩邊各開了一扇窗，可以看見地面的窗。

這一天，蚯蚓興沖沖的大聲喊著：「快來看！快來看！」

常春藤種子連忙來到蚯蚓身邊。

「妳看，春天的眼睫毛掩蓋在我們的窗口上了。」蚯蚓興奮的說道。

不知什麼時候，牽牛花攀上了他們的窗椽，手握一把綠色的小毛刷，從窗簷的左邊慢慢刷到窗簷的右邊，把掩在窗櫺上的春天睫毛，刷成翠綠的顏色；春天的眼睛，正透過迷迷濛濛的雨霧閃閃爍爍的。

「妳嗅嗅看，有沒有……？」蚯蚓抽動鼻翼。

「什麼？」常春藤種子跟著做。

「花香呀！青草香呀！」

「嗯，有了！有了！」她深深的吸嗅著，很清楚的分辨出：跳躍在鼻尖的是淡淡的翠芽和潮濕的泥土香；至於滿滿簇擁在窗口吵雜的，就是濃烈芬芳的花草香了。

常春藤種子脫下灰黑陳舊的外衣；裡面雪白的長衫，使她看起來晶瑩如白玉。誘人的香味牽著她的手，走向蚯蚓架在窗坎上的梯子。

穿過窗櫺，春天的睫毛輕輕拂了拂，常春藤種子的衣衫漸漸暈染成綠色，身體也一點一點的抽長。春天微微含笑，送給她綿綿春雨做為見面禮，將她住在地層底下的多

年塵垢，一一清洗乾淨。

春雨滋潤著她；等春風暖暖吹起來的時候，她已經能夠在春風裡開心的盪鞦韆了。

給小朋友的貼心話

小朋友，你知道故事中所說的「春天的睫毛」是指什麼呢？

你是不是跟故事裡的長春藤種子一樣，都不熟悉春天的味道呢？偶爾到大自然中走走，用你的眼睛跟鼻子仔細觀察，試試看能不能分辨得出四季各是怎麼樣的味道吧！

榆樹的影子

榆樹是一棵長得十分高大、茂盛的樹。挺拔的樹幹聳入雲霄，綠葉蒼鬱濃密，一層層高低有致，像鋼琴的琴鍵。

每當風的手指輕按上這些綠色琴鍵，每一個琴鍵底下，就會流洩出優美的蟬聲。

蟬聲迴盪在天地之間，有時低鳴，有時高亢；有時短促，有時悠長；有時是單獨婉轉的花腔，有時是混聲合唱。

「好聽的合唱曲！」青蛙躺在水塘池畔晒著太陽，陶醉的說。

「圓舞曲！美極了。」蜜蜂一邊工作、一邊隨著旋律飛舞。

「乖寶寶，聽聽搖籃曲，快快睡覺了……」野鴨媽媽輕輕和著蟬聲吟唱，哄得小野鴨寶寶漸漸沉睡。

榆樹揮動枝椏，像一個技藝高超的指揮家，指揮龐大樂團，演奏出各

種動人的樂章。燦爛的陽光，將榆樹的身影，映照在背後的山壁上。

榆樹時常瞅一瞅影子，再看看自己。影子的頭髮亂了，就是自己的頭髮亂了；影子的衣衫散了，就是自己的衣衫散了。榆樹甩一甩頭，影子也甩一甩頭。榆樹知道，影子是他最好的同伴。

榆樹的影子去過其他山林原野，有許多聽不見蟬聲的地方，讓他感覺太寂靜、太無趣。

「我要送一些蟬聲給這些樹蔭、這些山頭。」榆樹的影子告訴風。

「做什麼呀？」

「讓他們熱鬧熱鬧啊！也讓那些離家出遠門的人，不管去到什麼地方，都能聽到熟悉的蟬聲……」

「好極了！」風兒說，「我送你去吧！」

風兒就帶著榆樹影子和蟬聲，告別了榆樹，嗖一聲的走了。

日子一天天過去，榆樹的影子始終沒有回來。

榆樹看不到影子，好像失去了鏡子。不知道自己的臉髒了，衣裳沾上了汙泥，挺直的樹幹也變得扭曲；眼皮開始鬆垮，南風吹來時，他就「叩、叩、叩」打起瞌睡。

瞌睡愈來愈濃，頭也愈點愈用力；琴鍵似的葉層，張開好多大裂口。榆樹每點一次頭，就往下墜落一片葉子；落葉裡，掩藏著一個個蟬聲居住的家。

地面的枯葉愈堆愈厚，樹上的蟬聲卻零零落落。

蜜蜂繞著樹幹嗡嗡嗡，聲音小到只有螞蟻聽得見。

青蛙撲通、撲通跳下水，想起自己的歌喉；扯開喉嚨，嘓嘓叫了兩聲，便快快的沉入水底。

野鴨媽媽唱了好多遍搖籃曲，小野鴨還是睜大眼睛看著媽媽，沒有一絲倦意。

公雞難耐無聊，便伸長脖頸，張開尖喙，「喔……」用力迸出了一條很長、很尖的高音，直衝上山頂，迴旋許多圈後，鑽進了榆樹影子的耳門。

榆樹的影子在樹蔭間穿梭不息，忙著分送蟬聲，卻忘了自己離開家已經很

久了！

公雞那一聲強勁的啼聲，終於將榆樹影子拉回熟悉的山頭。榆樹下，滿地厚厚的落葉和蟬聲，讓榆樹影子大吃一驚。「唉呀呀！蟬聲怎麼都跌進泥地裡頭了？」

榆樹看著回到身旁的影子，也嚇了一跳：榆樹影子的枝椏怎麼光禿禿的？綠衣也灰暗暗的？看看自己，枝椏也是光禿禿，綠衫也是灰暗暗。

榆樹影子說：「我把蟬聲送給每個需要它的山頭。」

「我卻讓蟬聲埋到沙土枯葉中。」榆樹羞愧的低著頭。

「來！我們把地上的蟬聲揀起來！」榆樹影子牽著榆樹的手說。

榆樹背著竹籃、彎著腰，很認真的翻開枯黃的落葉，揀起一個個渾身沾滿泥土的蟬聲。

不久，榆樹的身上又長出一片片青翠的葉衣，綠意盎然，再度生氣勃勃；不僅蟬聲找回他們的家，連鳥兒也來築巢。

今天，森林居民們都穿上最隆重的大禮服，來到榆樹下；風兒和蟬聲要舉行音樂會，由榆樹擔任指揮，第一首曲目就是貝多芬的「田園交響曲」。

給小朋友的貼心話

小朋友，你知道什麼時候會有蟬聲出現嗎？

「好東西要與好朋友分享」，我們應該跟榆樹影子一樣，保持樂觀積極的態度，把身旁的快樂分享給周圍的人，自己也會變得很開心唷！

「我要在這裡下」車站

廣闊的平野上，一條鐵軌伸長它細瘦的雙臂，穿過黑黑的隧道、綠綠的山麓、白白的雲層、藍藍的天空。在廣大天際的盡頭，有一個小小的紅色起站，站名叫做「大熊星座」。

火車那長長的車廂，每天很有韻律的走在原野的鐵軌上：轟隆轟隆震動了曠野，也震動了山峰。山峰跟著滾動的車輪，踩著節奏的步伐，忽高忽低、忽左忽右的舞動。

「小火車，停下來聊聊天吧！」山峰揮手招呼。

「我也想，可是這裡沒有車站！」小火車減緩了速度，邊說邊鳴響汽笛；噴出一長條白色蒸氣，搭在雲朵的扶梯上，往白雲深處漸行漸遠。

有一天，小火車通過的時候，從車上滾下來一隻小白兔，翻了好幾個筋斗。

「這裡怎麼沒有車站呢？」小白兔拍拍褲子上的灰土說。

「也許是忘記了！」山峰說道。

「我要去找尋月仙子丟掉的一條月光魚。」

「月光魚？也許溜進銀河裡了！」山峰說。

「銀河的堤防被流星撞崩了一個大缺口，好多水都流進山谷的水潭了。」

「是啊！我曾經聽見『嘩啦嘩啦』，也聽見『撲通撲通』的聲音。」

「我趕快去看看！」

小白兔跳到水潭邊，山峰敲開水潭的門，一條月光魚便從水藻裡鑽出來；昨天夜晚，月光魚從銀河墜落下來。

白兔撈起月光魚，順便摘幾枝星光花，好讓月仙子插在月宮大殿的螢光瓶裡。

小火車又載走了小白兔，小白兔留下一些細碎的星光陪伴山峰。山峰便把它們灑在山谷間，變成螢火蟲，成為一盞盞可愛的燈火。

看到這些燈火，山林不禁嘩嘩的笑起來。

小火車又來了。一群羊從火車窗口跳出來，站在山峰面

前。

「我們聽到快樂的笑聲。」最前面那隻羊說。

「白兔給我們許多可愛的燈火。」山峰說道。

「我們家羊寶寶和白雲家的鵝寶寶出來玩，你有沒有看見？」第二隻羊東張西望。

山峰搖搖頭說：「抱歉，我沒有見到羊寶寶和鵝

寶寶。」

「那麼，我們得跳上下一班火車，到下一站去。」

「或許你們可以到處看看，月光魚上次就躲在水藻裡面。」

「好吧！他們可頑皮得很呢！」

羊群走在山峰的腰帶上，繞著山腰和深谷。牠們遇見一道正在滔滔演講的瀑布，還有一棵金色樹葉像是千萬隻手的樹。

羊群正要往回走的時候，一連串又輕又脆的鈴噹聲，穿過天空傳下來。

「趕快看看天空！」山峰說。

羊群抬頭望去，只見一隻小白鵝和一隻小白羊，在山巔的雲海上嘻嘻哈哈的追逐嬉戲；小羊脖頸上的鈴噹，叮鈴噹啷的響著。

「謝謝山峰！幫我們找到小孩。」第二隻羊說。

不久後，小火車載著一大車閃著橙黃紅紫光芒的夕陽亮片，停在山峰的身畔。車上走下來一隻大黑熊，自我介紹說：「我是大熊星座的站長。」

「你們家有什麼東西掉了嗎？小火車竟然停下來了！」山峰非常訝異。

「沒有、沒有！」大黑熊趕忙說，「小白兔和羊群說我忘了一件事，忘了在這個美麗的地方設立一個停車站。」

大黑熊一面欣賞風景，一面把彩色亮片一片片串起來，立了一個站牌，上面寫著：「我要在這裡下」車站。

從此，來來去去的乘客，只要從車窗遠遠望見青翠嫩綠的山峰，就會大聲叫：「我要在這裡下！」

他們都喜歡在這裡下車，要去看看山中的燈火，瞧瞧喜歡演講的瀑布，以及金黃葉子像千萬隻手的

樹。

小火車終於可以停下來了！它把長長的白色蒸氣，搭在山峰的肩膀上告訴他，有好多好多不同的車站，都會跟小火車變成好朋友。

給小朋友的貼心話

小朋友，你知道大熊星座在什麼時候會出現嗎？你能找得到它嗎？

有時候，你會不會覺得沒人知道你的優點呢？不要因為這樣就灰心，也不要自暴自棄；只要不放棄，就會像故事中的山峰一樣，得到站長的賞識呵！

想要飛的蝸牛

酢漿草叢裡，蝸牛一動不動的瞧著，美麗的花蝴蝶，鼓振翅膀在花叢裡飛舞。帥挺的蜻蜓、可愛的金龜也翩翩振動著羽翼，悠悠哉哉的穿梭在林間。

「炫！」蝸牛讚歎的用眼光捕捉燕子低空掠過的優美身影。「什麼時候，我也能……」蝸牛望了望湛藍的天空，喃喃自語。

一片香蕉葉垂到地面，寬闊而長的葉面，平整得像座大滑梯。「我雖然沒有翅膀，卻有頭腦呀！」

蝸牛一步一步的爬上香蕉樹。「太好了！」蝸牛伸長頭頸，探了探四週；從葉頂到地面，高而傾斜。

蝸牛擺了一個優美的姿勢，放開雙手；「咻」的一聲，柔軟的葉片隨著滑過的重量，不停的起伏顫動；風在耳邊颼颼。

「我飛起來嘍！」蝸牛向周圍所有

正在飛翔的美麗翅膀炫耀。

那些翅膀的主人還弄不清楚怎麼一回事，就看到蝸牛從香蕉葉上溜了下來，掉在地上，滾了兩滾；咕咚一聲，房殼砸上石塊，崩垮了一角。

森林居民們全圍攏過來，「你還好吧？」

「哎喲！」在大家的攙扶下，蝸牛蹣跚的頂著破房殼站起來。

「你爬那麼高，做什麼呀？」蜥蜴說。

「我……我要飛……」蝸牛囁囁嚅嚅的，不知道該不該說清楚？

「什麼？」大夥兒湊近耳朵。

「我想從樹頂飛下來！」

森林的居民們愣了一秒鐘，接著噗哧一聲笑開了。

「親愛的蝸牛先生，你忘了你沒長翅膀？」

「我知道，我只是要體驗一下飛翔的感覺。」蝸牛紅著臉。

這時，從房殼破洞鑽進去的涼風，使蝸牛打了一個大噴嚏。

蝸牛又連續打了幾個大噴嚏。看到這樣的

情況，森林居民們嘰嘰聒聒開起會來。片刻之後，蜥蜴代表大家說：

「蝸牛先生，我們決定幫你修補房子。」

蝸牛覺得很不好意思；為了一圓自己的夢想，給朋友們帶來那麼多麻煩。

大家開始分工合作，有的找材料，有的打磨牆面，有的搭蓋屋頂，忙得不亦樂乎。

鏗鏗鏘鏘修房子的聲音，聽起來像美妙的合奏樂曲，非常悅耳；躺在酢漿草叢上養傷的蝸牛感覺周圍有跳躍的音符環繞，恍惚間看見每個音符的身上，都輕拍著一對翅膀，隨著節拍舞蹈。

慢慢的，蝸牛覺得自己輕輕飄了起來，身上不知何時也生出翅膀

來，不停的撲拍著。

地面的景物漸離漸遠，鏗鏘的樂曲聲也越來越微弱。

「我飛起來了嗎？」蝸牛不太敢相信；可是，搧動的翅膀、遠去的大地、飄近的山頭，讓他確信自己已經遨翔於天際了。

風和緩的吹，感覺好舒服；樹林、河流、原野、湖泊、山峰，及遙遠的海洋，圖畫般呈現眼底。

蝸牛飛過一個又一個山頭，漸漸飛累了；陽光收攤了，鳥兒回家了，雲彩歇息了，夜幕慢慢垂了下來。

大地越來越漆黑，只有穹蒼點亮幾顆星辰；蝸牛想起芳馨的酢漿草床，想起他的森林朋友們，覺得有些寂寞。

房子修好了嗎？蝸牛焦急的在黑暗中繞著圈圈尋找，一圈又一圈，都快沒力氣了……

「蝸牛先生！蝸牛先生！」有人在大聲呼喚他呢！蝸牛睜開眼睛，發現自己還是躺在酢漿草床上，青蛙正抓著他猛搖。

「房子修好了！」青蛙興奮的說。

牆殼雕滿漂亮的花紋，屋瓦更是閃著彩色光芒。烏龜找來一個小田螺當煙囪；無聊時還可以拿來當螺笛，吹首動聽的曲子給大家欣賞。

圓弧形的牆角下有一排字，都是森林居民各自用獨特的筆法簽的名。

蝸牛很滿意，尤其是大夥開鑿的一扇天窗；頭不必伸出

去就能夠晒到太陽，還可以眺望悠遊的雲，做飛翔的夢。

蝸牛終於知道，他最開心的事，就是能夠和朋友們在一起。

「我不會再飛了！」蝸牛說。

「什麼？」森林居民們全湊近傾聽。

「我不會再飛了！因為我沒有翅膀。」蝸牛擺了擺身體。

大夥兒愣了一秒鐘，便開懷的笑了。

給小朋友的貼心話

小朋友，你有沒有看過「黃粱一夢」這個故事？從中你得到什麼啟示呢？

喜歡的事物不一定適合自己；重要的是瞭解自己的特質，才能找到最適合自己的路唷！

大家來跳舞

午後空氣溫煦，風在睡午覺；池塘水面平靜無波，只有太陽的金色碎片頑皮的跳躍著。

池畔的柳樹覺得有些無聊，彎下身去玩水。一條小鯰魚悠哉的穿過水草，又悠哉的鑽入荷花叢裡去了。

一大片荷花站在池水中伸懶腰，伸得有氣無力。有些陽光金片，在荷花面前晃來晃去；荷花覺得很有趣，便輕輕的跟著搖擺。

野菊花探過頭來，瞧了瞧說：「你們在跳舞嗎？」

「沒有啊！」荷花說，「不過，跳個舞也不錯！」

荷花想了想，對著周圍昏昏欲睡的花草們大喊：「起來嘍！大家起來跳舞嘍！」

被吵醒的花草們，身子在陽光的繽紛中，慢慢的伸展開來。

「快來跳舞吧！」荷花兒踮起腳尖抖了抖，停下來說：「我需要個舞伴，風在哪裡呀？」

「我在這兒呢！」風兒輕拂過蒲公英、藍

星草、野雛菊、布袋蓮，來到荷花兒身旁，牽著荷花的手，吹著口哨，婆娑起舞。

荷花的粉紅衣裳，跟隨舞姿飛揚，讓池塘裡渲染上一層粉紅色彩；絲絲的荷花香也淡淡的飄散在四週。

風跟荷花跳了好幾圈之後，滑過岸邊，拉著藍星草旋轉。小巧可愛的藍星草，在風的帶領下，旋轉在風的口哨

旋律裡；藍色的衣襟泛著一層層夢幻似的藍光，點綴得荷花的粉紅色彩更加美麗。

風接著邀請蒲公英和野雛菊：風左右勾住野雛菊和蒲公英的手臂，繞著池塘跳踢踏舞。口哨的音調變得短促而俏皮，舞步輕鬆快活。野雛菊和蒲公英的黃色身影，舞在陽光下變成亮閃閃的金色，捲進藍色夢幻與粉紅浪漫的光圈內，成為瑰麗的彩色天地。

「該我了！」當大家跳得如醉如痴的時候，柳樹說話了。

風連忙滑步過來，「對不起呵！柳樹，差點兒忘了你。」

柳樹常常練習柔軟操，所以身手特別靈活，風不必費多少力氣，帶著柳樹跳另一種優雅的舞步；柳樹纖細的手以及瘦長的腳，跳起來非常優美好看。

終於，風跳累了，停下來休息，大家也跟著休息。

「布袋蓮，妳怎麼不跳舞？」小鯰魚問。從舞會開始，小鯰魚就一直待在布袋蓮身旁，怕被跳舞的夥伴踩扁。

「我……」布袋蓮一動也不動。

「她不喜歡運動啦！我很少看她動過。」荷花見布袋蓮吞吞吐吐的，搶著替她回答。

「怪不得，你的肚子會那麼胖。不行、不行，風先生呢？」

風聽見小鯰魚的叫聲，飄了過來。

「風先生啊！請你帶布袋蓮跳跳舞吧！她從來都不動，難怪腰那麼粗。」

「真的！布袋蓮，妳不運動不好耶！」風一邊說，一邊扶著布袋蓮的肩膀搖動。

布袋蓮急得一直擺手，

「不！不要……不要……」

可是，布袋蓮已被風帶開了幾步；冷不防，一隻小蝌蚪從布袋蓮的肚子游出來。

「原來你躲在布袋蓮的肚子裡

啊！怪不得我老是找不到你！」小鯰魚哇哇叫著。才剛說完，又游出來一隻，連續游出十幾隻。

荷花兒接著都看花了。她問：「你們是布袋蓮的孩子嗎？」

「不是！不是！」布袋蓮急忙搖頭，「他們是青蛙媽媽的孩子。」

「那……怎麼會窩在妳身邊？」

「青蛙媽媽說我這裡比較溫暖，青蛙寶寶們能夠好好成長，才把小孩寄放在我這裡。」

「哦！我懂了。」小鯰魚說，「妳為了保護他們，所以不敢亂動？」

布袋蓮點點頭。

「現在我們長大了！」最大的那隻蝌蚪說。

「是啊！你看他們長得多好！」柳樹說。

「您可以跳舞了！布袋蓮媽媽。為了感謝你的照顧，我們要唱一些動聽的歌曲，讓您好好跳個舞。」青蛙寶寶們說。

「好棒！好棒！」小鯰魚又哇哇大叫，「以後開舞會時有音樂嘍！」

給小朋友的貼心話

小朋友，你知道青蛙小時候叫什麼名字？長得是什麼樣子呢？

布袋蓮媽媽為了保護肚子裡的青蛙寶寶們，自己都不能亂動。你覺得她很偉大嗎？

我們的媽媽也是一樣呵！小心翼翼的懷孕十個月才生下我們。我們是不是應該跟青蛙寶寶學習，好好的報答媽媽呢？

銀杏吃掉了半邊天

一陣春雨過後，一株野草從土裡冒出頭來；他嗅了嗅空氣，猛然打了一個大噴嚏。

忽然，他聽見嘰哩呱啦的聲音吵個不停。他看看四周，才發現這裡是座瓜園，吵鬧來自瓜園土堤畔的銀杏樹和瓜棚的竹架。

竹架說：「你沒事長那麼大個子做什麼？一把大雨傘似的，幾乎把我們半邊的天空都吃掉了！」

「我的大手大腳大身子，正好幫你們擋風、蔽雨、遮陽光，有什麼不好嗎？」銀杏樹委屈的說。

「你遮掉了陽光雨露，園子裡的瓜孩子們怎麼生長？會營養不良的。」竹架氣呼呼的說。

小野草趁空檔說：「嗨！你們好。」沒人理他；他清清喉嚨，又大喊了一聲。

銀杏樹和竹架總算停了下來，望著小野草。「你打哪兒來的？好像沒見過你耶！」竹架說。

「我是你們的新鄰居。」

「歡迎你！」竹架和銀杏異口同聲說完，又開始吵起來。

「我要你搬走。」竹架對銀杏吼著。

「慢著！慢著！」小野草趕忙插嘴，「我才認識新的朋友，就有人要搬走，我會傷心的。」

「我也不想搬走啊！」銀杏苦著臉說道。

「嗯！這樣好了，」野草問說，「我們讓園裡的瓜孩子們來決定好不好？」

「好啊！絲瓜，你說呢？」竹架問正七手八腳的爬到他身上的絲瓜。

「有銀杏幫我們遮遮太陽，也不壞啊！太陽光有時候晒得我昏頭轉向、滿頭大汗耶！」

絲瓜們頑皮的攀上溜下，有的單手吊桿，有的雙手吊桿；有的倒吊，有的盪鞦韆；惹得牽牛花們笑彎了腰，覺得很好玩，也慢慢的爬上竹架。

胖嘟嘟的大西瓜悠閒的靠在一邊納涼，慢吞吞的說：「我也覺

得沒什麼不好。」西瓜的脾氣可好得很，露珠及小瓢蟲們老喜歡輪流在他大大的肚腹上溜滑梯；這會兒，小螞蟻正在他身上搔癢，癢得他呵呵笑，不住求饒。在西瓜身邊的南瓜，便像媽媽般伸出那大大的綠手掌，把螞蟻一隻隻趕下來。

「我有意見！你們看看小葫蘆瓜，長成一隻怪壺了！」南瓜說，「他一定是得不到陽光的溫暖及雨水的滋潤，才會長得怪模怪樣。」

「你別提葫蘆瓜了！他老是窩在他藤蔓下的土窩裡睡大頭覺，也不跟絲瓜去爬爬竹架子練練身手，才會生得那副醜模樣。」小香瓜一開口說話，甜絲絲的芬芳香味，就散溢在瓜園裡。

「一定是地瓜把他帶壞的——地瓜最懶了，一天到晚躲在土裡。」竹架說。

「什麼跟什麼？」地瓜從土壤裡伸出頭來抗議，「我的家本來就在土裡面，你哪知道我在幹什麼？」

「別吵了！」冬瓜聽了半天，終於挪挪他又長又壯的身子，大聲說：「其實，銀杏樹也沒有擋住多少空間啊！」

「就是嘛！」西瓜說，「而且，銀杏住在這兒，已經從一株苗長成一棵樹了，多麼不容易呀！」

「謝謝西瓜。」銀杏搖搖四肢說，「再說，我的葉衣常常更換，留有很多空隙，不會阻擋住陽光和雨水的。」

「對嘛！而且到了秋天，他的葉衣幾乎都掉落下來；腐爛之後，變成我們的養分。多好哇！」地瓜說道。

「的確，我們應該要留住這個好朋友。」小香瓜說。

「我也贊成。不只是銀杏，我們還要留住許許多多其他不

同的大樹朋友，別讓他們消失。你們說是不是啊？」小野草這回更大聲。但是，他的聲音馬上被瓜園熱烈響起的鼓掌聲掩蓋了。

給小朋友的貼心話

小朋友，你要不要試著數一數故事中出現了幾種「瓜」？你能另外舉出其他「瓜」嗎？

你的生活周遭常會有各式各樣的朋友存在；就像一個班級裡頭，每個同學個性都不太一樣。我們應該要有接納不同人、事、物的雅量，這樣不僅能讓自己得到更多朋友，生活也會變得多采多姿。

不說話的石頭

一幢紅瓦白牆的小瓦屋，住在遍地鋪滿了百合花的大地上。

每天一大早，他打開眼睛——窗戶——跟天上的白雲道早安。

有時候，門前的

山峰已經起床，展示著凝固似的海浪曲線，拿白雲當手帕擦臉；有時候，卻還躲在朦朧的紗帳裡面睡覺。

那一株株的百合花倒是每天都精神抖擻，享受著清晨的涼爽和風，慢慢啜飲最新鮮甘美的清晨露珠。

小瓦屋屋頂上的煙囪，點起了大煙斗，喝著早茶和白雲聊天。

大地越來越亮，黃澄澄的太陽已經爬到半天高。金絨線般的光芒，一根根的從小瓦屋的窗口鑽進去；還順手將窗邊藍星花的影子，悄悄帶進去，繡在軟軟的椅墊上；又織了一塊綴滿天竺葵的四方桌巾，鋪在矮桌上。

一株百合興緻勃勃的告訴溪邊的馬蹄蘭：「我昨晚做了一個美

夢，夢中充滿了像太陽一般的光明呢！

「好燦爛的夢啊！妳一定會美夢成真的。」馬蹄蘭笑著說。

「你們來安慰安慰溪水吧！他好像悶悶不樂呢！」另一頭的白楊樹說。

「石頭不是跟他片刻不離嗎？」馬蹄蘭望了望溪水中大小不一的石頭們。

「石頭只能聽，沒辦法開口安慰溪水啊！」白楊樹說道。

「對啊！我忘了石頭變成啞巴了！」馬蹄蘭突然想起。

「長命百歲的石頭，為什麼會變成啞巴？」小百合問馬蹄蘭。

馬蹄蘭說：「很久很久以前，石頭們原本是一群聒噪愛吵鬧的青蛙；他們捉弄了跑到溪水裡玩水的星星，結果被罰變成啞巴。」

「怪不得石頭都不說話。」小百合說，「那麼，溪水在煩惱什麼事呀？」

「溪水在想念落花，他說他永遠都追不上落花的腳步。」

「落花隨著流水，不知道去什麼地方了？」

「叫煙囪幫他寫信給落花吧！」

「這個主意不錯！」

一旁的菟絲花說，「煙囪，幫溪水寫封信好嗎？」

「當然沒問題！我們都很想念落花，對不對？

落花曾經是我們的好朋友。」

煙囪開始在天空寫起信來：大家東一句西一句，煙囪幾乎將天空寫滿了。

不久後，飛來一隻大鴿子，停在白楊樹的枝幹上，口裡啣著一封信。

「大家好！落花要我給你們帶信來。」

信箋是一片枯葉，溪水輕聲念著——

「我很想念你們。但是，我很喜歡這個地方，它在一個肥沃的河岸。我的種子在這裡生了根、長了葉、開了花，我有許許多多的孩子了。

「雖然我離你們很遙遠；不過，或許在哪一個春天，我會帶著我的孩子，跟著蝴蝶和蜜蜂回來看你們。」

給小朋友的貼心話

小朋友，你知道鴿子所代表的意義嗎？

有些行為舉止超過了限度，就會讓別人感到困擾，也會受到一些懲罰；就像故事中，青蛙因為過度吵鬧，而被變成了石頭。

所以，我們在做人處事上，一定要常常注意自己的行為有沒有超過限度呵！

七彩芋的顏色不見了！

黃昏，夕陽先生急著回家吃晚飯；夜姑娘跟在夕陽先生的後面出來，穿著黑紗的長衫散步去了。

一隻夜鶯吟唱起她創作的詩篇，晚風把她動人的聲音播放出去；飛過的螢火蟲悄悄聽著，蝙蝠們倒掛在樹枝上聽著，整個大地都在聽著。

一輪明月彷彿一顆大珍珠，從山後緩緩滾出來。汩汩的河水，蒐集了細碎的月光，建造一條閃閃發亮的螢光橋；盈盈的月光，將河邊一株七彩芋的顏色，漸漸、漸漸的漂白了。

七彩芋為她失去的美麗色彩嚶嚶哭泣著；夜鶯停止了歌唱，螢火蟲飛了過來，晚風也停在她身邊。

「七彩芋，妳怎麼了？」螢火蟲問。

七彩芋擦掉淚珠說：「我身上所有漂亮的顏色都不見了！」

「誰偷走了妳的顏色？」夜鶯說。

「我也不清楚……」七彩芋又落下淚來。

「是不是在山林間飛來飛去的蜜蜂偷走的？」風說。

「還是，最懂色香味的白粉蝶？」螢火蟲說。

「也有可能是黑夜姑娘，想要妝點她的黑紗衣裳。」

大家七嘴八舌的吵了一會兒。

「我們去幫她找找吧！」夜鶯說。

他們先朝一股很強烈的香味找去，找到了夜來香。

「我忙得很呢！哪會知道什麼顏色的事情？」夜來香興沖沖的打

開她的藏香盒，「你們聞聞看，我釀造的香味棒不棒？」盒蓋一開，香氣更加濃郁的瀰漫出來，往他們的鼻子鑽進去，使他們差點兒全都迷醉倒地。

「謝謝妳了！夜來香。我們得快走，否則會被妳的香味兒給薰倒了。」螢火蟲說。

他們繞到水蓮花那邊去。幾顆露珠正在水蓮花的圓葉上溜冰，直溜、彎溜，玩得真起勁。

「水蓮花和露珠們，你們有沒有看到七彩芋的顏色？」

「我們這一路上沒瞧見耶！水蓮花妳呢？」露珠兒說。

水蓮花換了一個姿勢說：「我也沒看見。到現在為止，我只跟你們幾個小頑皮在一起。」

一群人又四處找；大樹也沒看見，小草也不知道……他們從這朵花到那棵樹，從這枚花瓣到那片樹葉，都找遍了。雖然月光皎潔，但隔著一層黑紗，沒有誰能分辨色彩們的真正面貌。

貓頭鷹躲在樹梢上，呵呵笑著說：「你們去問那第七顆昇起來的星星

吧！」

他們爬到彎彎的月光橋上，看見一顆星星散發閃閃的七彩光芒。

「嗨！第七星，你的色彩是怎麼來的？」晚風問道。

「我本來就是顆七彩星呀！」

「真的啊？你倒可以跟七彩芋做個朋友。只是，你能不能告訴我們，七彩芋的顏色到哪兒去了？」

「這簡單。」七彩星說道。

「什麼？簡單？我們找了一整個晚上了！」夜鶯叫著。

「夜姑娘就要回家了。」七彩星說。

「然後呢？」螢火蟲迫不及待的急忙問道。

「然後，顏色就回來了啊！」

「真的嗎？」

「不信？你們等著瞧吧！」七彩星指著天邊漸漸透白的曙光，說了聲再見就回去了。

晨光越來越亮了，他們清清楚楚

的看見：七彩芋的絢爛色彩在黎明的輕霧裡漸漸的透顯出來，愈來愈豐富，愈來愈美麗。

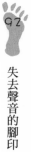

給小朋友的貼心話

小朋友，在一年之中，有時白天長、有時黑夜長，你知道它們不一樣的原因是什麼嗎？

在黑夜之中，很多事物都會失去自己原有的色彩；就如同在人生的低潮中，你會忘記自己的特長。但是，黑夜總會過去，讓我們陪伴彼此，等待太陽再度升起吧！

西北雨

西北雨窩在天空的小窩裡，覺得有點無聊。

他搓了好幾卡車葡萄似的大小雨點，想要作為去大地玩的時候，送給萬物的禮物。

然而，白雲白晃晃，陽光火辣辣；看得他眼花撩亂、猛冒金星，還快悶出毛病來了。

他去拜訪迅雷先生；到他家時，迅雷先生正在整理他那輛超大型的哈雷機車。

「帥呀！迅雷先生。」

「你說我嗎？」

「我……我說的是這部哈雷……」西北雨不好意思的說。

「有眼光！它的確很帥。」迅雷先生喜孜孜的。

「怎麼沒看到你騎它去兜風？」

「熱呼呼的，等陽光去度假再說啦！」

「什麼時候他才會去？」西北雨問，「我好悶啊！」

「說得也是。」迅雷先生拍拍哈雷黑亮的車身，噓一口氣說：「不管了！走，咱們倆現在就去兜兜風。」

迅雷先生騎上哈雷機車，西北雨跨坐在後座；「轟隆！轟隆！」的聲響，像一個大油桶滾在凹凸不平的馬路上；轟隆聲響徹天地間。第一個伸出頭來一探究竟的是閃電小姐。「迅雷先生，你挺樂的？」

迅雷晃了一圈回來，熄了火，對她說：「可不是？」

「怎麼沒找我，只帶了西北雨？」閃電小姐瞪著眼，不怎麼高興的甩一下她手中的電棒；一道彩色的雷射光一閃而過，火花差點兒燒掉迅雷先生的眉毛。

「嘿！越來越先進呵！雷射光耶！」西北雨嘖嘖稱奇。

「我早就用雷射光了。遜！」

「妳應該多來幾下。」迅雷先生說。

「可是，陽光那麼

強烈火紅，照得晴空萬里，早已吸乾了所有的水氣，我哪有機會發揮啊？」

「別急！」迅雷先生說，「剛才我跟西北雨去兜了一下風，白雲和太陽都躲得遠遠的，不大喜歡看到我；但是，大地上的花草樹木、溪澗河流，都張開了嘴巴，好像在等待雨水解渴。所以，我得想想辦法……」

迅雷先生沒說想出什麼辦法，只是一直轟隆隆的騎著機車。白雲忙著躲避哈雷噴吐的灰煙，白衣裳還是漸漸暈染成淺灰；陽光也僅剩一條細細的金邊，框在雲朵的周圍。

閃電小姐高興的指著雲朵說：「看！烏雲耶！我要開始準備雷射

光發表會了。」

「我們得搭一個很大的舞台。」迅雷先生喜不自勝。

「大地不就是舞台了！」西北雨說。

當白雲轉成烏雲，天空就慢慢陰暗下來。

西北雨搬出他難以數計的小水球，要迅雷先生幫他載送；

閃電小姐也檢查一遍工具，等著好好大顯身手。

一切都準備好了。迅雷先生發動大哈雷，轟轟隆隆，整個宇宙都在震動；他轟的滑過天際，東西南北，來回穿梭。

閃電小姐秀出她變化多端的雷射光，不斷投映在天地間，劃下一道又一道弧狀、叉狀的光芒；有的像凌厲的劍光，此起彼落；有的則像璀璨的煙火，展露多采多姿的光芒。

西北雨灑下傾盆水球，水球摔破在大樹仰起的面頰、花兒張開的手臂、小草微縮的肩膀上；還有些蹦蹦跳跳，留在一張張撐開的雨傘上翻筋斗。

在迷幻雷射光的掃射下，加上迅雷轟隆隆、西北雨嘩啦啦交織的

交響樂中，大家都狂歡了起來！

樹木舞動手臂、花草扭動身軀，大家伸手去接小水球，互相丟來丟去的嬉鬧。

這場迅雷和閃電的雷射光發表秀及水球大戰，終於在西北雨的水球全部倒完後宣布結束。大家都玩得不亦樂乎，個個清涼有勁，無限回味的期待下一回。

白雲的髒衣裳被雨水洗得白晰晰。太陽探出身來，羨慕的說：「這麼好玩的事，為什麼沒有我的分？」

給小朋友的貼心話

小朋友，你知道為什麼我們都是先看到閃電才聽到打雷聲呢？

看到雨天之後的太陽，越能感覺陽光的溫暖；看到很久不見的朋友，越能體會友情的珍貴。在成長的路上受過挫折，就越能珍惜成功的喜悅。

夢幻裁縫師

大地的夢幻裁縫師，每天都忙著幫萬物設計新裝。

山峰胸前那條帥勁的領帶，就是他用瀑布做成的；他還拿白雲設計了一頂紳士帽給山峰戴上，更顯得風度翩翩。

藍天也被他做成一條墨藍

色大絲巾，沿邊繡上色彩斑斕的晚霞，裡面綴飾許多閃爍的星光以及彎彎月兒的銀色亮片。夜神披著它去參加宇宙大帝的午夜宴會，得到許多衷心讚美。

夢幻裁縫師還幫山坳裡的潺潺溪流縫製一隻水袖，水袖一甩動，大大小小的溪魚便一條條溜出岩石暗縫，優游在水面、水底，逗著水草玩耍。

這天，夢幻裁縫師的店門口走進來了火雞和小豬。

「歡迎光臨！」夢幻裁縫師說。

「我跟小豬商量好幾天了！」

「是啊！是啊！」小豬趕忙應聲。

「我們想請你設計幾件衣服。」

「那有什麼問題——」

「我可要特別一點的。」火雞說。

「什麼都難不倒我。」夢幻裁縫師說道，「我曾經用雨後的彩虹，設計一套獨一無二的絢麗雞尾酒服；彩虹鸚鵡穿上它，光彩奪目、豔驚四方呢！」

「那可好！」火雞說，「我天天做夢，夢見孔雀開屏；她美麗的尾扇，讓我很自卑。我……」

「我懂了！小豬先生，你呢？」夢幻裁縫師問。

「我……我老覺得自己一身黑漆漆的很遜。我常夢見……穿了其它顏色超炫的衣服，神氣得很。」

裁縫師說：「你們倆的確很讓人同情。晚上繼續做夢吧！我會將你們的美夢一片片剪下來，縫成你們想要的衣裳。」

小豬和火雞高高興興的回去了。

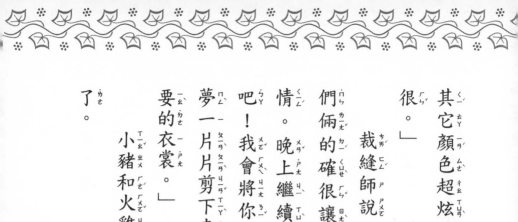

第二天，他倆醒來，果然換了裝！小豬的身上多了一個顏色，一條一條的白色對襯黑色，黑白相間，煞是好看。

火雞算是美夢成真了——孔雀那色彩絢爛的扇屏，正如假包換的在他的尾翼上展開。

他倆興奮的一起去感謝夢幻裁縫師。走在街上，許多怪異的眼光對著他們倆瞧。

「孔雀！孔雀！」不少聲音在後面喊叫。

「奇怪？斑馬怎麼縮小了？還怪模怪樣的。」

小豬瞥了瞥自己，不自在的縮縮頸子。

「孔雀！你怎麼不理我？」那邊又喊。

「我不是孔雀啦！」火雞忍不住了。

「原來是火雞呵！你怎麼有個孔雀的尾巴？」

「要你管！」火雞氣呼呼的大吼。

「我知道了！你是偷來的！」

火雞拉著小豬快跑。

「快來看！一隻奇怪的小斑馬耶！」

他們倆跑到聽不到笑聲的地方，才停下來喘氣。

「怎麼……會這樣？」火雞滿面通紅，咯

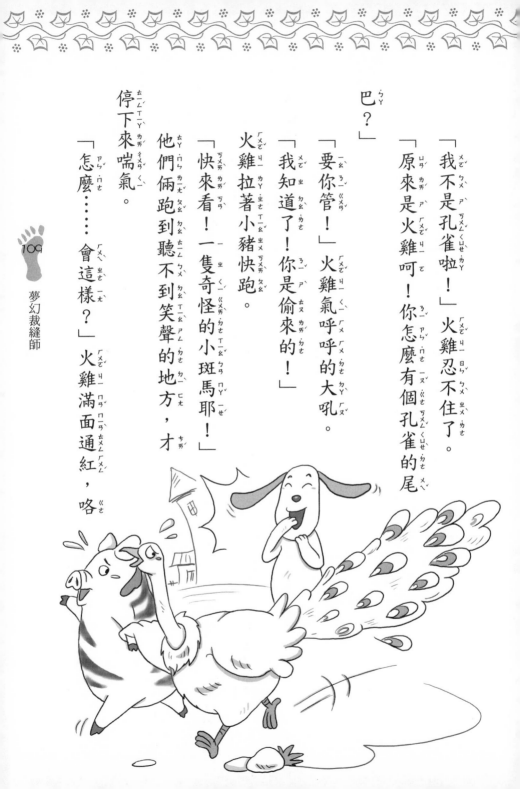

咯直噴氣。

「我不要當小斑馬啦！我是豬媽媽的兒子小豬耶！」

「我也是啊！我又不是孔雀！」

他倆走進夢幻裁縫師的服裝公司；設計師正忙著拿落葉幫小草縫被單。看見他倆，愣了一下，隨即笑了起來。「你們……小豬很酷，火雞也滿炫的！」

「才怪啦！」火雞哭喪著臉。

「就是嘛！」小豬也不快樂的樣子。

「這不是你們想要的嗎？」夢幻裁縫師笑吟吟說。

「哪有！我們只想換個樣子而已，不想變成別人。」

「對不起嘍！你說天天夢見孔雀，我以為你夢想變成孔雀；小豬要換顏色的意思，我也搞錯了。沒關係，我們重新來……」

夢幻裁縫師再挑一塊雅緻花布，布面看起來彷彿褪淡的黃昏夕陽，是淺淺的粉紅色；還有淡茶色的雲朵染印在上面。他在小豬身上比了比說：

「很適合你耶！穿起來一定很可愛！」

小豬喜歡極了，謝個不停。

另一塊羽毛布，就像墨綠湖面上綴滿晶瑩灼亮的紅黃陽光寶石。

他攤開在火雞面前，讚說：「這塊布真耀眼！」

火雞和小豬很滿意，時常上街炫耀新裝。

夢幻裁縫師仍然忙著。這會兒他在忙些什麼呢？他呀，正忙著幫螢火蟲縫製新的燈籠外衣。

給小朋友的貼心話

小朋友，試著列出自己十項優點，再請爸爸或媽媽幫你列出十項優點；你會發現，實在太小看自己了！

我們時常羨慕別人，卻忘了欣賞自己的優點。多給自己一點自信、多做一點努力，你會發覺：「我真的、真的很不錯喲！」

寄給郵筒的信

兩個郵筒站在城市街道的轉角處，一個紅的，一個綠的。不管大太陽高高掛，大地熱呼呼；或是北風冷颼颼，凍得人發抖；他們總是咧開大嘴笑著等待，等待一封封來自不同所在的信，要傳給遠方的信箱。

這一天，紅郵筒和綠郵筒被敲了幾次門、丟進幾封信以後，便清閒的觀望著行人。

兩隻雉雞從郵筒前面飛奔過去；不一會兒，又飛奔回來，在郵筒前停了下來。「我們得寫封信，告訴野雁這次比賽的結果。」

「你們在賽跑嗎？誰贏了？」紅郵筒問。

「平手。」兩隻雉雞一起說。

「你們都很好……」

「哪有……你們兩個也很好！」雉雞笑著說，

「天天站在這裡幫我們轉信。」

「搬到我們那兒的椰子樹有一次跟我們講……」綠郵筒旁邊的雉雞說，「他說，他最美麗的回憶就是跟你們一起站在馬路旁呢！」

「是嗎？其實……我們常常覺得很無聊。」紅郵筒說。

「我們也希望有一些好玩的事情發生。可是，」綠郵筒有點沮喪的說，「你看，我們每天都收到一堆信，但從來沒有一封是寄給我們的。」

「是呵！」雉雞說，「怎麼這樣？沒關係啦，或許時候到了就會有人寫信給你們。」

「才怪！」紅郵筒和綠郵筒一起說。

「我不相信沒有，我陪你們等等看。」綠郵筒旁邊的雉雞說。

「那麼，我先回去寫信給野雁。」紅郵筒旁邊的雉雞說完便跑走了。

這時，海狗從巷道爬了過來，拿著一個貼了海星郵票的黃色信封給綠郵筒。

「海狗，你寄信給誰呀？」雉雞擠過來問。

「我要寄一片海岸風景給山邊的小溪欣賞，他一直想到大海來玩。」

「他一定很高興！」

海狗微笑著，便搖著屁股滑到另一條街道去了。

陽光剛走，小羊便一蹦一跳的過來，手上還拿著一個大信封。

「你的信封好大呵！小羊。」雉雞好奇的瞧上瞧下。

小羊揚揚信封說：「裡面是什麼東西，你知道嗎？」

雉雞搖著頭說：「我很想知道耶！」

「我要寄很多很多不同的種子給星星，讓他種在宇宙花園裡。」

小羊興奮的說。

「這麼一來，天空將會美極了！」綠郵筒說。

「我要快一點，寄限時的。」

紅郵筒趕緊打開門，對小羊說：「快放進來吧！」

中午時分，郵差來了，收走所有的信。

「雉雞，回家去吧！不可能有我們的信。」紅郵筒說。

「才不呢！雖然沒有你們的信，其它的信卻都滿有趣的。」雉雞還在回味海狗寄出的海岸風景，以及小羊寄的種子。

過了一陣子，陸陸續續有人來寄信：有廣告單、帳單，也有向親朋好友問候的信。

陽光慢慢向西邊走回家時，另一隻去寫信的雉雞回來了。他對一直站在郵筒邊的雉雞眨著眼說：「終於寫好了！比賽平手，不知道野雁會不會叫我們再跑一次？」

然後他跟綠郵筒說：「開門吧！我要寄一封信給野雁。」

綠郵筒讓雉雞把信放進去。

傍晚時，郵差又來收第二次信。他把兩個郵筒的信大略整理一下，看到一封奇怪的信：「這是誰的信？怎麼沒有地址？」

大家都湊上前去看，只見上面寫著：「紅色和綠色郵筒收——山坡上的椰子樹寄」。

「哈哈，原來是給郵筒的信。」郵差笑說，「怎麼不直接拿給郵筒？真是的。」

紅郵筒和綠郵筒不敢相信；仔細看了半天，果然是椰子樹寫來的信呢！

「郵筒，你們趕快給椰子樹回信吧！」雉雞結伴回家去了，一路上還不停偷笑呢！

給小朋友的貼心話

小朋友，郵筒真的收到信了耶！可是，他們是怎麼收到的呢？

我們在生活中常受到別人的幫忙而不自覺，像是辛苦送信的郵差叔叔或阿姨、學校裡的工友、公車上的司機……；不妨試著對他們大聲說出你的感謝，相信他們會給你一個大大的微笑！

如果讓你寫一封信給爸爸媽媽，你會寫什麼呢？試試看吧，別忘了去郵局寄信唷！

詩集的夢

一本詩集被人翻得很累，躺在書桌上沉沉睡去了。

書頁的詩句，卻清醒的睜亮眼睛；他們無聊的踢腿擺手，轉著圈圈玩兒，吵得睡意深濃、做著美夢的詩集，

紅豆生南國，春來發幾枝
勸君多采擷，此物最相思

正要睜開沉重的眼皮。突然，「啪！」一聲巨響，詩集從桌上重重的摔到地面，被狠狠的嚇醒。那一瞬間，他瞧見一排排詩句和一堆白日夢，像水花那樣從書頁裡濺飛出去。

有的夢和詩句噴灑到牆上，躲到隱密的牆縫裡，變成從前的精彩故事。

有的夢和詩句跌進畫框內，落進平靜的水潭，激起一陣陣漣漪和回聲，不斷流連在空蕩的水面上；水面隨之挪出了一些空間，讓山的倒影以及蔚藍的天空得以輕鬆的伸展。

還有一些夢和詩句鑽進書桌的玻璃杯，留下一行潦草的字跡；像是新奇、別緻的花紋，浮印在玻璃杯口上。

「你還在做夢嗎？」玻璃杯跟坐著發呆的詩集說話。

「做夢？」詩集回過神來，「我的夢都跑走了！」

「想不想看一看你的夢境？」玻璃杯問。

「看我的夢境？」

「就像看電影一樣。」

「可以嗎？」

「用我的玻璃鏡面迴照，你就可以看見了。」

詩集晃晃腦袋瓜說：「好吧！」

玻璃杯慢慢映出光燦的亮光，亮得有些兒刺眼，白晃晃的不大清楚。過了一會兒，矇矓散去，玻璃鏡面出現四個大字：「賣星星呵！」詩集還有些迷惑，就看見自己提著一個籃子沿街叫賣；籃裡裝滿五顏六色、閃閃發亮的大小星子。

「賣星星呵！」一群螢火蟲圍了過來，各自買了一顆小星星，津津有味的吃下；然後拍拍肚子，肚子馬上亮了起來，一簇簇小小燈光就四散飛走了。

接著，玻璃鏡面又跑出來一大堆字，排列成好幾座山巒，長滿許多植物和樹木。

詩集看得目不暇給，才一眨眼，鏡面景色全變。玻璃杯的水擴張成汪洋的大海，在眼前波濤洶湧，一艘帆船沿著垂直的風道揚帆。

不久後，帆船遇到一座會轉動的島嶼，一小時換一個方向；島嶼的海岸，高高舉著一棵棕櫚樹，跟著島嶼轉動，四下眺望。

潮漲了，揚帆的船靠了岸。棕櫚樹對帆船說：「這裡是寧靜海洋，只有美人魚輕聲唱的美妙歌聲。」

「這個島嶼，有什麼好玩的？」帆船問。

「寧靜海洋養了許多夢和詩句，他們在海洋裡游泳；你喜歡的話，可以釣幾尾夢或者一些詩句回去當紀念品。」

帆船沐浴著海風及和煦的陽光，靜靜垂釣。他拿綺麗的幻想當魚餌，釣起不少詩句，也釣了許多夢。

帆船滿載詩句和夢，向島嶼、棕櫚樹道別，順風返航。

「原來你偷偷編織我

的夢！」看完這些電影般的景象，詩集對玻璃杯說。

「其實，這些都是你自己做過的夢；只不過它們已經消失，你也忘記了；我只是讓它像一部舊電影，讓你重新回味。」

「我竟然有過這麼多夢想？我得趕快努力實現它們。」

從玻璃杯那裡接回詩句和夢；詩集將夢藏入口袋，把詩句放進他的書頁，坐回書桌。愛讀詩的清風來了，他翻開第一頁的第一行是：

「一本詩集，沉沉的睡著了。」

給小朋友的貼心話

小朋友，你喜不喜歡讀詩或者其他課外讀物？想想最近新買的課外讀物，你讀過了嗎（這本可不算唷）？

我們每個人都像一本詩集，正撰寫著自己的人生篇章。你希望別人翻開的時候，會看到關於你的什麼事情呢？

聲音果子

一棵果樹上停了一群麻雀，吱吱喳喳的不知在爭論什麼？

忽然，一個個強烈的聲音泡沫，飛舞在空氣中，像鞭炮般不停的劈里啪啦、劈里啪啦響。

果樹摀住了耳朵，大家也都摀住了耳朵。

雜亂的音符飛來飛去，有幾個狠狠撞在一塊，碰撞出火花；火花恰好落在烏鴉身上，燒焦了幾根尾巴的羽毛，嚇得他繞著果樹哇哇叫。

麻雀停了下來，瞧一瞧發生了什麼事。

「呼，終於安靜了！」果樹放下兩隻手，噓了一口氣。

「你們怎麼了？」麻雀小姐疑惑的問。

「我才要問你們怎麼了呢？」烏鴉噘起嘴巴，朝尾翼吹氣降溫。

「我們在討論誰先吃那顆

最紅、最香的果子啊！」

「我還以為什麼天大的事情呢！差點兒害死我！」烏鴉越叫嚷越大聲。

「冷靜一點兒，烏鴉先生。」果樹搖著手說，「其實，你們都不可以隨便吃我的果子。」

「為什麼？」麻雀先生歪著頭問。

「因為我是一棵聲音的果樹，我吸取一個個的聲音來結成果實。」

「你結那些果子做什麼？」

「當然是給大家吃的呀！只是不能亂吃。如果誤吃了『憤怒』或

『咆哮』的果子，聲音的火花恐怕不只燒掉烏鴉的羽毛而已，整座森林都會著火呀！」果樹說，「你們吃些別的吧！」

「好吧！快！我肚子可餓壞了。」麻雀先生說。

「你性子那麼急躁，該吃哪顆果子呢？」果樹想了一下，指著一顆橢圓形的果子說，「這個給你吧！」

麻雀先生抱著果子啃了起來。「好吃！好吃！果樹啊……」麻雀先生滿口果子，口齒不清的說，「我……我吃完會不會……變成一粒『麻雀果子』？」

大夥兒都笑了。

「不會！你吃的是『幽默果子』；以後你講話的幽默感，會讓人忘了你的急躁。」

麻雀小姐吃了「溫柔果子」，保證愈來愈迷人。麻雀弟弟吃了「風趣果子」，讓他越來越可愛。還有美妙、親切、輕聲、細語、快樂、溫暖……全分給大家，連烏鴉也得到一個「熱忱果子」；果

樹說，這果子會讓人喜歡親近他。

剩下那些憤怒、悲傷、刻薄、咆哮、冰冷的果子，果樹說要讓它們快快腐爛，免得有人偷吃了。

另外還有四個看起來很特別的果子，美美的掛在果樹身上，引人注目。

「這四個是什麼果子？怎

麼沒有分給我們？」

「它們啊，可不一樣呵！」果樹神祕兮兮的說，「你們想知道嗎？」

「快說嘛！快說嘛！」

果樹瞇起眼睛，清清喉嚨說：「你們可要仔細的聽啊！第一顆，叫『清幽果子』；那是春天清涼的涓涓溪水，幽幽流過長滿青苔的綠石間的聲音。東風把它包裝給我結成果子。」

「到了夏天，美麗的荷花仙子，對著澄澈如鏡面的池塘，綻開艷紅的花瓣、露出笑容的聲音。南風把它播送到我的耳畔，結成這顆『瑰麗果子』。」

「第三顆果子則是……」果樹停了一下，又繼續說：「秋天細雨霏霏，一顆顆小雨點滴滴答答的輕輕打在梧桐樹的圓葉上；西風留下它的聲音，送給了我。它叫『淒美果子』。」

「第四顆叫『冰潔果子』。冬天純白、柔軟的雪花，一絲絲、一縷縷，緩緩飄降下來；雪花白皚皚的覆蓋了山頂及樹梢的聲音，北風複製了它交給我。」

四下靜默無聲，大家都沉醉在果樹描繪的景色裡。

「不管你們有沒有見過那些畫面，只要聽見那些聲音，腦海裡自然就會浮現出來。」

「你留下它們，是要獨自享受嗎？」

「當然不是嘍！只要你們想欣賞這些動人的聲音，就來找我；我會給你們一小口果子吃，你們馬上就能進入那些聲音的世界。」

「好高興呵！我們可得省著點，別把這四個果子很快吃完。」麻雀說。

「別擔心，無論你們吃這四顆裡的那一顆果子，它們都會自動長回來，你們永遠吃不完的。」

給小朋友的貼心話

小朋友，你知道故事中的「清幽果子」、「瑰麗果子」、「淒美果子」跟「冰潔果子」為什麼永遠吃不完嗎？

雖然現實中沒有聲音果子，但只要我們時常聽取別人的建議、修正自己的態度，也可以像故事中的小麻雀一樣變得討人喜歡唷！

陽光玻璃城

閃亮的陽光琉璃片，散置地面各處，一片片逐漸堆疊累積，築起一座蘋果狀的透明玻璃城堡。

城內縱橫交錯著大街道和巷弄，以白色方糖當地磚，還設有香草巧克力砌的紅綠燈。

城的四周，密密麻麻的圍繞著一大片棒棒糖樹林。樹葉繽紛，是五顏六色、圖案繁複的糖果紙片。

黃色的空氣和芬芳的風，被陽光玻璃阻擋在城外。城內的香草巧克力紅綠燈，被悶得有些兒軟化，方糖街道也乾燥得慢慢在脫皮。

城中心暖暖的一角，一隻喜歡聽音樂的乳牛，和他的影子並坐著；乳牛隨手把前夜被猴子用來攪亂睡眠的橘子汽水，潑倒在巷弄的陰影上，陰影便乾渴的咕嚕喝著直冒泡泡的淺黃色陽光橘子汽水。甜甜香香的橘子汽水，使乳牛想起最愛聽的一支優美的、清涼的、用短笛伴奏的歌謠。

喜歡音樂的乳牛想著想著，緩緩唱起了那首歌謠。歌聲揚著羽翼，飛入短笛的洞孔；短笛所有的洞孔，隨著流洩出千千萬萬個音符的精靈。夾道的棒棒糖森林，爭相傳播，匯聚成一條歌聲的河流。河流宛如一條巨蟒，閃爍赤色的鱗光；蜿蜒的朝向洶湧的歌謠和笛音滑去，一圈圈纏繞著玻璃城堡。

這時，森林亮起了信號燈，狼群穿過棒棒糖森林，舔了一口又一

口，幾乎舔去了大半片棒棒糖樹林。還好，負責治安的大丹狗迅速趕來，張牙舞爪、凶猛咆哮，才嚇跑了狼群。

太陽要睡覺了，卻找不到鞋，回不了家。晚霞派一隻展翅的金鳥，把鞋子啣給太陽。

金鳥的翅膀，不小心碰翻晚霞盛滿彩色晶球的瓷盤。晶球順著歌聲的河流往下墜滾，一個個砸在玻璃城上。玻璃城從屋瓦、城牆、門窗，稀里嘩啦、稀里嘩啦，粉碎為一堆閃著尖銳光輝的碎片。

芬芳的風進來了！粉紅的空氣流通了！愛音樂的乳牛停住了歌唱，大家收起了歌聲。歌聲的蟒河，縮成小水流，縮回乳牛手中的橘子汽水瓶內。乳牛很高興的將瓶子扔出去，汽水瓶在空中翻了好幾個筋斗，爆裂分解成點點閃爍的萬家橘紅燈火。

差點兒融化的香草巧克力紅綠燈，恢復了功能，紅的紅通通，綠的綠油油；那些街巷又變回一塊塊方糖，純白、明淨，硬如堅石。

他們現在唯一必須做的事，就是趕快把棒棒糖森林再種植起來，他們才能夠呼吸到甜蜜的芬多精和清冽的新鮮空氣。

給小朋友的貼心話

小朋友，你知道森林中的樹木，是如何製造氧氣的嗎？

很多事物最美的時刻，都是在他們最自然的狀況下產生的；太過強求或刻意維持，反而會破壞了他們的美感。

快樂大公車

小豬提著一籃野草莓，上了快樂大公車；車上已經坐了小狗、小鴨、小老鼠和小猴子。

「好香的野草莓呵！」小猴子盯著草莓。

「甜滋滋的樣子。」小老鼠也目不轉睛。

「你請我吃一個嘛！」小狗說。

「不行！那是給爺爺吃的。」小豬說。

「一個就好啦！」小鴨說。

「半個也不行！」小豬不為所動。

「小氣鬼！」小猴子嗤著鼻子，去拉小豬褲子上的吊帶。

「你幹嘛啦？」

「你的吊帶好看，借我用用。」

「走開！」小豬大叫。

大家咭咭呱呱的笑了。

山羊司機回頭瞪了一眼，「別鬧了！」可是，沒人理他。

小猴子意猶未盡：「你要是不借我吊帶，就給我們草莓吃。」

「休想！」小豬嘟著嘴。

小老鼠過來扯小豬另一邊吊帶。小豬抓住籃子，拽著褲子往前衝；吊帶的夾子鬆開了，褲子掉了下來，全車轟然大笑。

小豬氣呼呼的拉起褲子，好不容易等到公車停住了，就一口氣衝下車，急急忙忙往豬爺爺家跑去。

「你是誰？」豬爺爺見到他，卻一臉疑問。

「我是小豬啊！爺爺！」小豬快哭了。

「小豬？的確是小豬的聲音。你的鼻子、眉毛和耳朵呢？」

小豬嚇一大跳；他伸手一摸，真的摸不到他的圓鼻子和大耳朵！

「爺爺，它們丟在公車上了！」小豬想起來了。

「丟在公車上？」豬爺爺大吃一驚，「那怎麼辦？你得遮掩一下，我看……」豬爺爺趕緊拉著小豬上街去，走進一家面具店。

面具店掛滿了各式各樣、表情不一的面具，有滑稽的、恐怖的、歪嘴斜眼的、笑咪咪的。

小豬挑來挑去，想到小猴子他們，氣就往腦門上沖；於是，他選了一張猙獰醜陋的面具。

「這張臉這麼難看，你真的要它？」豬爺爺懷疑的

說。

「沒錯！」小豬篤定的點點頭。用這張可怕的面具，來嚇唬小猴子他們，再好不過了！

「小豬，它很恐怖的。」店老闆烏龜說。

「最好！」想到小猴子他們將被嚇得屁滾尿流，小豬心裡越來越興奮。

戴上面具，小豬到處找小猴子；找了好幾條街都沒找著，卻碰到小花馬。小花馬踢踢躂躂的踩著輕鬆的步伐，很開心的樣子。

「嗨！你好啊！」小花馬遠遠的便笑容可掬的對小豬打招呼。

小豬還來不及回應，他的的面具突然「咚」一聲掉了下來。他才剛撿起戴上，小花馬燦爛的笑容已來到面前；「咚！」小豬的面具又掉了。小豬連忙抓起面具，揮揮手表示再見，快速跑開。

烏龜的面具實在太爛，他氣極敗壞的往烏龜的店衝去。

「小豬！小豬！」

「吱！」快樂大公車穩穩停在他身旁，山羊司機跳下來，後頭跟著小猴子他們。小豬迅速把面具戴好。

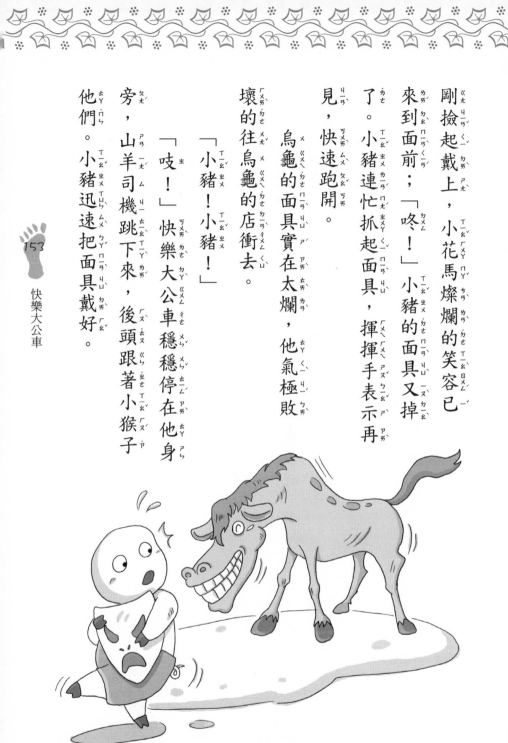

山羊司機笑吟吟的說：「是小豬吧！沒錯，衣服是小豬穿的。」

「咚！」小豬的面具又掉到地上。

「好醜的面具？嚇死人了！」山羊拿起面具，「我們在找你耶！」

「找我幹嘛？」小豬沒好氣的說。

「剛才你跑得太快了！這是你的東西吧？」小豬的耳朵、鼻子、眉毛，擠在山羊的手中。

他一把抓過來，裝回臉上。

「剛才我罵了小猴子，他們也覺得不該捉弄你。」

「我要跟你道歉！」小猴子說。

「我們也是！」小老鼠領著小狗和小鴨一起說。

小豬看看手中的面具，反而有點不好意思。

「好了！」山羊跳上車，「快樂公車要開了！」他們全跳上車。

車走了，剩下小豬站在街頭，他要把面具拿去還給烏龜。

「你的面具超爛！」小豬一邊抱怨、一邊一五一十的訴說經過。

「喔！我忘了告訴你，」烏龜抱歉的說，「這個最醜陋恐怖的面具，只要碰到燦爛的笑臉，就會掛不住啦！」

給小朋友的貼心話

小朋友，你知道「伸手不打笑臉人」這句俗諺嗎？你瞭解這句話的真正意涵嗎？

所謂「笑容是最美的化妝」，只要我們笑口常開、保持樂觀的心情，很多事情就會變得很順利唷！

紅色的旋轉木馬

一匹紅色的旋轉木馬，每天待在固定地點，等待人來騎他。他眼前的風景一直重複著：左邊一片水泥牆，右邊水果攤；後面一道商店玻璃門，前面是一條大馬路；一支粗鐵棒把他固定住。

他站在那裡動彈不得，他的起點也是終點；只要有人投給他一枚硬幣，他就載著騎在上面的小朋友，轉、轉、轉……時間一到馬上停止。

他一直幻想著，有朝一日能變成一隻變色龍，就可以加入草原，變得和他們一樣綠；加入白雲，和他們一樣白；加入土地，和他們一樣黃。

「你什麼都不是，只是一隻原地旋轉的旋轉木馬。」他對自己說。

有一天，一隻五色鳥飛到他前面的投幣箱上，理理羽毛、休息一下。

「請問……」木馬問五色鳥，「你飛行過不少地方吧？」

「難以計算耶！」五色鳥剔著羽毛說。

「一路上很辛苦吧！」

「還好啦！」五色鳥伸伸腳爪，「只要揚起翅膀，跨出腳步，不要害怕，前面的道路不會跟你捉迷藏的。」

「你有到過什麼好玩的地方

嗎？」

「我到過風的故鄉，那裡有潮濕的風、芬芳的風、有色彩的風。你知道風不吹的時候在做什麼嗎？」五色鳥說，「他在打包行李，準備下一次的旅行，因為風喜歡流浪。」

旋轉木馬羨慕的聽著，想像到處旅行的滋味。

「真是太棒了！」木馬無限嚮往的說。

他接著囁嚅的說：「五色鳥啊！我……」

五色鳥說：「你怎麼了？有話直說吧！」

「我常盼望，能夠跑過很多不同的路。但是，我是個旋轉木馬，我……」旋轉木馬有點沮喪的住口。

「不要灰心！」五色鳥笑著說，「你有機會的。」

「真的？」旋轉木馬精神一振。

「當然是真的！你只要等待一枚屬於你的錢幣。」

「每天都有錢幣投給我啊！」

「那些錢幣有它的主人收去，不是你的。」

「我會得到我自己的錢幣嗎？」

「總有一天……」五色鳥微笑著說。

旋轉木馬好高興；一枚屬於他的錢幣，將帶他邁開腳步走出去。

然而，他忽然又黯淡的低下頭；「自從我來到這個世界，我就站在這裡；如果有那麼一天，我……我會害怕……」

「不用害怕！據我所知，就算你遇見的千萬個人都是陌生人，總會有一個人跟你真心相遇。」

「謝謝你！五色鳥。」旋轉木馬的聲音充滿感激。

「這沒什麼。我得走了！」五色鳥跟旋轉木馬道再見，然後凌空飛去。

旋轉木馬還是日日夜夜站在那裡，等待著屬於他的錢幣。他越來越懷疑五色鳥的話；每天投給他的那些錢幣都不是他的，他哪有可能得到自己的錢幣？

旋轉木馬愈想愈沒勁，自顧自的唉聲嘆氣，沒注意到不知何時來了一個小娃兒，咿咿呀呀的不知說些什麼。

「坐馬馬，我要坐馬馬！」小娃兒抓住旋轉木馬直嚷嚷。

旋轉木馬聽清楚了，稍微蹲低身子，小娃兒七手八腳的爬上馬背，哇哇大叫：「呼！呼！騎馬！騎馬！」

旋轉木馬一動也不動；沒投下錢幣，他沒辦法旋轉。

「喝！喝！快走！快走啦！」小娃娃仍然吆喝個不停。旋轉木馬不知怎麼辦？誰來投錢幣呀！好讓他載小娃娃轉幾圈。

等了一會兒，還是只聽見小娃兒的哇哇叫。沒人過來，旋轉木馬只好努力的搖動身軀；背上的小娃兒，興奮得咯咯大笑，口水直流。

「滴答！」有一滴口水掉在旋轉木馬的頭頂上，慢慢暈開成錢幣大小，滲入旋轉木馬的腦內。

「我是你的錢幣。」一個聲音在他的腦中響起。

旋轉木馬還來不及弄清楚狀況，就發現他的身前長出兩隻腳，後面也一樣；不一會兒，四條健壯的馬腿完美的長在他身上，他便踢踢躂躂的走了起來。

旋轉木馬不敢相信；這是做夢嗎？他又踢踢腿，小娃兒叫得更高興。不是夢耶！他穩穩的走上大馬路，小跑幾步後奔馳而去，空氣中留下躂躂的馬蹄聲，以及小娃兒咯咯的笑聲。

給小朋友的貼心話

小朋友，你有聽過「千里伯樂」這個故事嗎？

旋轉木馬即使沒有報酬，也真心的想為小娃兒轉動，這使得它獲得了全新的生命。

只要真心對一件事物付出，生活就會變得有意義，也不會再顯得枯燥了。

超級大祕密！

「注意！有一個祕密。」今天，路邊的廣告看板穿了一件大紅海報衣，前面用黑色的油墨寫著這七個大大的字，非常醒目。

起初沒人注意，直到母雞咯咯的叫喚她的孩子快來看，

才引起大家的興趣。

大家看了看，沒什麼興趣，不一會兒全走光了，留下廣告看板獨自站在那兒竊笑。

「注意！有一個大祕密。」

第二天，廣告看板的海報衣上面多了一個「大」字。

「大祕密？什麼玩意兒？」獼猴的好奇心被勾動。

「不尋常啊！」松鼠有點困惑。

「誰的祕密？」鴨子突然從背後鑽出來。

「不會是你吧！鬼鬼祟祟的。」獼猴兩眼滴溜溜轉，狐疑的盯著鴨子。

鴨子呱呱大叫：「我的祕密？胡扯！我哪有什麼祕密。」母雞帶小雞走過來，說：「鴨子，別再嘴硬了！」「你們真奇怪耶！我的嘴巴本來就是硬的嘛！」鴨子不太情願的說，「好吧，我不曉得這算不算祕密。」

「有一天，我想找個地方游泳。我走啊走，走到山那邊，忽然聽見一陣陣歡樂的笑聲。我走過去，看見一個大湖，湖裡有好多千奇百怪的魚，在那兒跳上跳下、跳來跳去，晶亮的水波也到處飛舞。」鴨子愈說愈高興：「原來，他們在玩跳高的遊戲，好好玩呵！你們知道那個湖叫什麼名字嗎？」

大家都搖搖頭。

「叫『歡樂湖』。你們知道那些魚叫什麼嗎？」

「哎喲，拜託，你就快講嘛！」母雞皺皺眉頭說。

「他們叫『愉快』耶！只要跟他們在一起，就快樂得很呢！」鴨子講得嘴巴都快變軟了。

「你要不要帶我們去看看？」獼猴說。

「好啊！」鴨子點點頭，大家便決定找個好

天氣一起去郊遊。

「注意！有一個超級大祕密。」第三天，廣告看板換了更鮮紅的海報衣，增加「超級」兩個字。

這樣一來，大家更是丟下所有的事情，聚在看板前面爭執不休。

「一定還有人沒說出來。超級的耶！」鴨子看著松鼠，松鼠看著母雞，母雞看著獮猴。

獮猴搔搔腦勺，不自在的望望松鼠。

「我來說好了。」松鼠咧嘴說，「有一天下午，我和獮猴肚子都很餓，我們找了好久，都找不到東西吃。我們就抓著一根又粗又長的藤蔓，想躍過深谷到對面的山腰去找。不知道是那條藤蔓太長，還是我們甩得太用力，竟然一甩就甩到月亮上面去了！」

「換我來說！」獼猴比手畫腳，「月球上有個好大的花園；我和松鼠逛遍了花園，發現只有一棵樹。那棵樹被人砍得傷痕纍纍，卻長得很茂盛；雖然飄著桂花香，卻長滿大大小小的不知名果實。」獼猴吸了吸快要流出的口水。

「我們可就不客氣了！」松鼠接著說，「我咬下第一顆果實的時候，嚇了一

跳！你們猜猜那是什麼？」

沒人回答。

「水蜜桃冰淇淋！」松鼠嘖嘖嘴，回味無窮；「還有蘋果派、可可奶油球，還有……」

「櫻桃乳酪蛋糕。」獼猴搶著說。

大家聽呆了！

「少唬人了！」鴨子回過神來，撇撇嘴。

「我和松鼠騙過你們嗎？不信，帶你們去……」

「太好了！我們都愛吃。」小雞興奮的吱吱叫。

大家已經等不及，圍成一圈嘰嘰咕咕的計畫著。

「注意！超級大祕密今天公開！」大家都瞪著廣告看板噴氣，他們的祕密竟然還不夠超級？於是，全都等著瞧瞧「超級大祕密」的真相。

「歡迎再度捧場本看板！」廣告看板鞠個躬說。

「別囉唆了！快告訴我們，什麼超級大祕密？我都快抓狂了！」獮猴說。

「好，仔細看呵！」廣告看板說完，打開音響，熱門音樂鬧哄哄的傳出來。

只見廣告看板一邊跟著韻律跳動，一邊敞開他的外衣，裡頭露出一件白色T恤，上面寫著：「最超級的大祕密，就是沒有祕密！」

「你耍我們！」大夥兒抗議。

「有嗎？你們還有祕密嗎？」廣告看板笑嘻嘻的。

「有啊！我們正在計畫去一些美麗的地方郊遊，不讓你去！」大家氣呼呼的回家去了。

現場只剩下廣告看板「呵呵呵」的笑聲。

給小朋友的貼心話

小朋友，你有秘密嗎？你可曾發現，當懷疑別人藏有秘密時，彼此間就會變得有疏離感？當大家坦誠傾訴之後，彼此的感情也會變得越來越好唷！

你偶爾可以注意一下，廣告中常使用的「超級」、「非常」、「太」等誇張的用詞，這些詞彙帶給你什麼樣的感覺呢？

冬青樹的圍兜

一隻叫「多臂捕手」的蜘蛛，選在冬青樹的椏杈間，吐絲織網。他用堅韌有彈性的透明細絲，專心的編織自己的網。蜘網越織越大，美麗的圖案散布在

網面上；微露的空隙除了雨水、陽光和風，任誰有再高強的輕功也逃不出這個天羅地網。

昆蟲一傳十、十傳百，要大家小心別靠近蜘蛛的家，萬一被他抓去剝皮下油鍋，可就冤枉了。

小飛蛾遠遠看見，趕快繞道；蜜蜂決定搬到另一個工作場所，免得稍不注意就落進蜘蛛的陷阱；蝴蝶乾脆只待在花叢裡悠遊，對那張網敬而遠之。

冬青樹瞅了半天，忍不住的說：「喂，蜘蛛！你什麼地方不好去，偏偏來我這裡嚇人；我的朋友都被你嚇跑了！」

「你這兒風景好哇！我喜歡。誰被嚇跑了？」蜘蛛抬起頭來，茫然的問。

「你自己看。」

金龜子、小蚱蜢、小飛蛾全躲在矮樹叢探頭探腦。

「我的網還沒織好呢！他們怕什麼？」

「當然怕嘍！你的網織得那麼大、那麼細密，你是想把他們一網打盡嗎？」

「你們錯了！我只想把我的網織成像藝術品那般精緻。」

「怎麼不織在屋子陰暗的角落，你一向不都是躲在那兒嗎？」冬青樹疑惑的說。

「這裡有遼闊的天空、廣大無根的大地；我要織一張最美的蜘蛛網，給大家欣賞。」

「給大家欣賞？少唬人了！」

「不騙你！我雖然是個多臂的捕手，但是我不捕捉大自然的朋友，因為他們也都是我的朋友呀！」

「我不相信！」

「等我的網織好，你就會明白。」

蜘蛛微笑著，忙碌的織起他的網。

冬青樹半信半疑，盯著努力工作的蜘

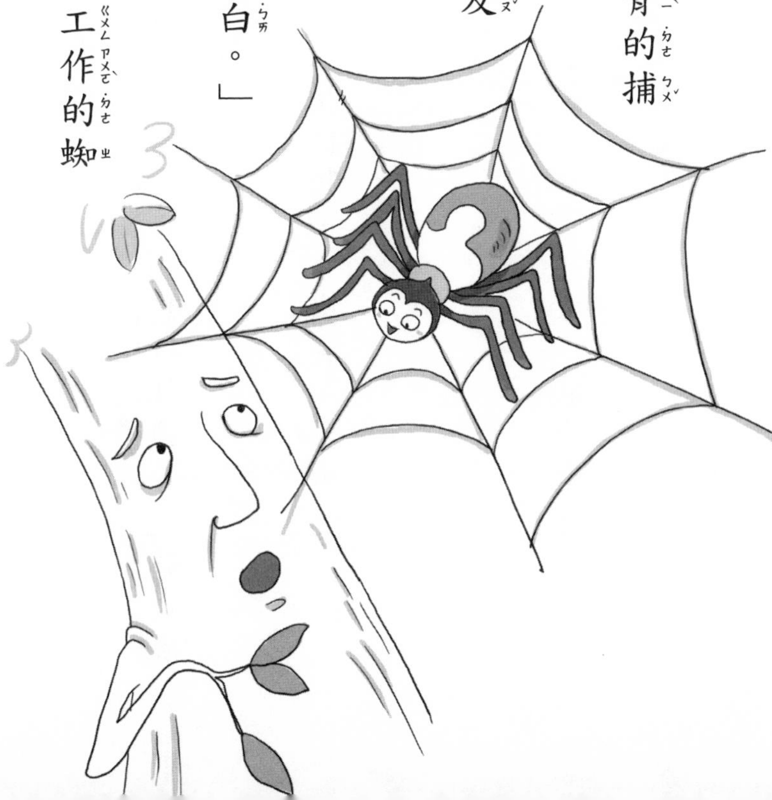

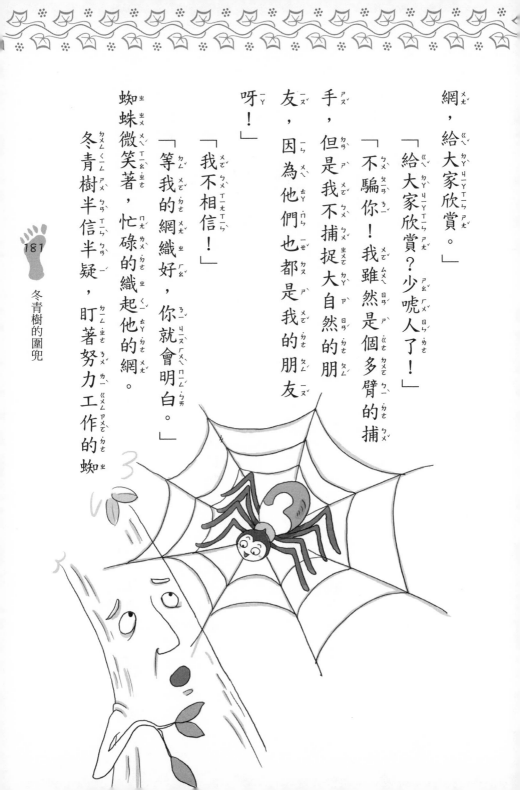

蛛。

經過半天的時間，冬青樹看得有點累了；剛想打個盹，就聽到蜘蛛高興的聲音：「完成了！」

那張網可真美得很，手工精細，花樣特別；掛在冬青樹的身上，像一件新穎的圍兜。

「怎麼樣啊？」蜘蛛得意的問。

「不簡單！」冬青樹的目光定在他的網兜上面，臉上寫了一個大問號，「可是，你真的完成了嗎？」

「當然完成了。有什麼問題？」

「但是，這裡還剩一小塊空白。」

「哦，那是我故意留的。」蜘蛛笑吟吟。

「你不是要織一張完美的網嗎？」

「對呀！只是，我想留這一塊空白，讓大自然的朋友們填補。」

冬青樹有些生

氣：「你說不傷害他們的？」

「沒錯，我保證。」蜘蛛拍著胸脯說。

「那你為什麼要用他們填補空白？」

「你誤會了！」蜘蛛突然間恍然大悟，「我要用來填補的是大自然朋友身上的『詩意』。」

「我不懂耶！」冬青樹搖搖頭。

「好，先從你開始。」蜘蛛說完往冬青樹梢爬去。

「等等！等等……」冬青樹大叫著，急出滿頭大汗。

蜘蛛不理會他，逕自鑽入厚厚的葉層裡面，不一會兒又溜回來了；他捧著尚未被陽光蒸發、晶瑩剔透的露珠兒，以及冬青樹剛剛冒出的圓滾滾汗粒。

冬青樹還沒弄清楚怎麼回事，蜘蛛已經把露珠一顆顆吊掛在蜘網的連線上，晶晶亮著。

「看見了吧！這就是『詩意』。」

冬青樹有點明白了，便喚來蝴蝶。蝴蝶斑斕的色彩，蜘蛛喜愛得很；他每隻手都兜滿彩色的投影，一一織進網裡；有些塗在露珠兒的面頰上，陽光一照，紅黃橙綠的色彩閃耀不停。

小蚱蜢的一些可愛的動作、金龜子翩翩飛舞的身影等，也被織入網裡，變成生動的圖畫。

多臂的捕手——蜘蛛，張開他的網、揮動他的手，捕捉許多天地間的詩意。他在這裡很受歡迎，因為人人都很樂意，可以偶爾見到冬青樹的那塊圍兜裡面——喔，不對，是蜘蛛的藝術傑作裡，跳動著看得見的詩意。它天天掛在那裡展示，卻不會捕捉大自然的朋友。

給小朋友的貼心話

小朋友，有一部曾經拍成電影的童話《夏綠蒂的網》，描寫的是蜘蛛與小豬間的情感，你看過嗎？

你可曾發現，有一些人總是看起來凶巴巴的——像是警察伯伯？

他們就像故事中的蜘蛛一樣，只是為了做好自己的工作，並非我們所以為的壞人；也因為有他們努力的做好分內的工作，我們才能享受舒適的生活。

麵包香味兒

一股濃濃的麵包香味兒，不知從哪一家的烤箱溜了出來，到處閒晃。

一隻蜜蜂飛到花園門口，麵包香味兒悄悄從蜜蜂的身旁飄過。

「好香喲！」蜜蜂四下張望，「麵包香耶！哦，肚子怎麼突然很餓？」蜜蜂匆匆忙忙的進入花園。

麵包香味兒來到學校，聽到很多小朋友讀書的聲音。他盤旋了一會兒，走進小雞、小鴨們的教室。

「麵包香耶！」

「你聞，是不是好香？」

「嗯，我的口水快流下來了！」

「我的肚子也咕嚕咕嚕叫！」

此起彼落的叫聲，吵得山羊老師猛揮教鞭，說：「安靜！安靜！」

「山羊老師，你沒聞到嗎？」

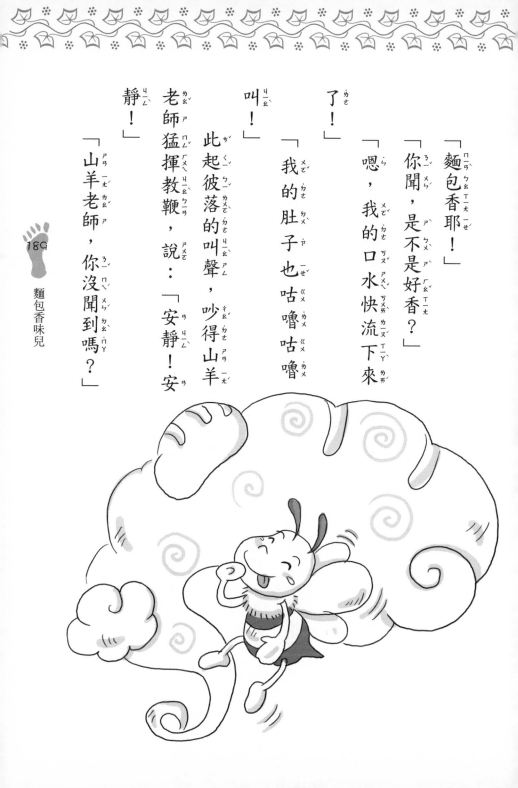

「聞到什麼？」

「麵包香啊！」

「沒有沒有！上課上課！」山羊老師儘量不讓早餐沒吃飽的肚子發出聲響；教鞭左揮右揮，把麵包香味兒趕出去。

麵包香味兒繞啊繞，來到最熱鬧的城中心，馬路上塞滿車輛。大車小車擠成一團，喇叭和引擎聲比賽誰得第一，誰也不讓誰，一聲比一聲高亢。

所有的大小汽車，都張開他們的大口，露出彎彎的利牙，像吃熱狗那樣，饑餓的吞食一條條街道，迅速的往前衝；爭先恐後、不停擦撞，有的差點兒撞在一起，令十字路口險象環生。

馬路旁，地下道的嘴巴也大大張合著，用那長長的舌頭，把人群捲吞進去。

這些大嘴巴把麵包香味兒嚇壞了，他趕緊逃跑。

「麵包香味兒，你別跑！」不知何時，有著一張金魚嘴的蜜蜂，堵在前面。

「什麼事呀？」麵包香味兒只好停下來。

「剛才是你從我身邊偷溜過去吧？」

「好像是！」麵包香味兒說。

「你把我害慘了。」

「我沒有做什麼呀！」

「你害我吃了又吃，吃個不停。」

「有得吃，還抱怨！」

「我把一整座花園都吃光了！」

「好厲害呵！」

山羊老師帶著他的一群學生隨後來到。

「一株迷路的蒲公英，在找她的花園耶！」小鴨說。

「花園……花園被蜜蜂吃了。」麵包香味兒指著蜜蜂。

「蜜蜂，你真有那麼大胃口？」山羊老師不相信的問。

「不能怪我呀！都是麵包香啦！」蜜蜂顯得很委屈。

「聞到麵包香，

我肚子越來越餓，越吃越想再吃，哪曉得……一下子就吃光了。」

「這下子怎麼辦？」小雞說。

「其……其實我……我吃得很撐。」蜜蜂撫著大肚皮說，

「我……我……」蜜蜂還沒說完，嘴巴像一扇大拱門，大大敞開；芬芳的氣味先流洩出來，接著是紫丁香，然後風信子、魚針草、紅薔薇、牡丹花……

不一會兒，蜜蜂吐出一整座花園，熱熱鬧鬧的開放各式花朵，各種迷人的花香霎時漫溢四方。

蜜蜂的嘴巴馬上恢復成原來的樣子。他鬆了一口氣說：「吃太多東西真的不好！」說完就嗡嗡嗡飛走了。

濃烈的花香慢慢掩蓋過麵包香，飄浮在空氣中，飄遊到大街小巷，飄進那些橫衝直撞、大口吞吃馬路的汽車車陣；車窗眨了眨眼眸，吸了吸鼻翼。車速減慢了，汽車誇張的嘴巴縮小了；不管大車或小車都回到正常速度，還溫文有禮、互相禮讓。

「麵包香味兒，你知道這是為什麼嗎？」山羊老師說。

「我……」麵包香味兒想了想，回答說：「我懂了，以後如果想出去蹓躂，對我來說，吃飯的時間比較適合。」

「對呀！不只麵包香，我們的鼻子也需要其它的香味呀！」

給小朋友的貼心話

小朋友，你知道麵包從一開始的麵粉到出爐，過程是怎麼樣的嗎？

有些香味會讓人心情平靜，有些則會讓人變得急躁；然而，這些香味也能增添我們生活的樂趣。

朋友也是如此，多結交不同類型的朋友，生活會更精采唷！

被吃掉的風景

山腳下的草原，綿密翠綠；深深淺淺的綠色，在陽光下活蹦亂跳，充滿生氣。清澈的河流，潺潺的沿著草原蜿蜒而去，像綠絲巾邊鑲滾的一條銀帶子。

湖畔小木屋裡，羊咩咩剛烤好一個香噴噴的

蛋糕。她在圍兜上擦乾手，來到落地窗前，欣賞窗外那片綠意盎然的美麗風景；這幅風景給她靈感，烘焙出帶有新鮮香草的美味蛋糕。下午，她邀了幾個朋友，到她的新居喝下午茶。

妙咪貓出門的時候，帶了他的寫生簿和筆。羊咩咩傳來的電子信上寫著：我們這裡大大小小的山峰，每天都在雕塑姿勢不同的藤蔓林樹；樹木都穿著泥土織成的褐黃、咖啡的襪子；藍天有時候會戴上彩虹髮箍，妝扮得多采又多姿。

太讓人心動了！他是一隻喜歡畫畫的城市貓，常常用畫筆、顏料把令人陶醉的風景帶回家。今天，他更是興緻高昂，一路上寫生許多幅畫。尤其是眼前這片草原，像絨毯般閃著翠碧的光澤，教人迫不急待想描畫下它。

　　姆姆馬和她的兩個孩子，一大早就踩著輕鬆的步伐，前往羊咩咩家。他們慢慢的走在河岸旁的樹蔭下，洋溢著要去做客的喜悅。

　　兩隻小姆姆馬玩了一上午，早就又餓又渴。他們低下頭去，吃起了青草：清甜又香脆。小姆姆馬從未嘗過這麼好吃的青草，愈吃愈想再吃。連姆姆馬也被那撲鼻的芳草香吸引；反正

離下午茶時間還早呢，先嘗嘗新鮮的野味吧！

羊咩咩做好薄荷餅乾和酢漿草冰淇淋，已經過了中午。

「滴鈴鈴……」門鈴響了，姆姆馬和妙咪貓站在門外。

「你們約好一起來的嗎？」羊咩咩見到好朋友，十分高興。

「我們在河邊樹下碰到妙咪貓，他睡著了！」

「我只想跟大地擁抱一下，溫柔的風卻吹呀吹，把瞌睡蟲給吹來了！」妙咪貓不好意思的說。

羊咩咩請他們坐下來。姆姆馬和小姆姆馬撫著肚子說：「這裡的青草實在鮮嫩多汁！」

「我們這裡……」羊咩咩指著那一大片綠茵茵的草原，突然驚呆了……草原怎麼變成東一塊灰黑、西一坨褐黃，像一塊揉皺的髒抹布。

「我的媽呀！是誰吃了我的風景？」羊咩咩瞪大眼睛喊了起來。

「什麼？什麼？」姆姆馬跟妙咪貓湊上來看。

「你們剛剛吃的就是那片草原？」妙咪貓難以置信的問。

「我們不曉得那是……」姆姆馬抱歉的說。

麻雀嘰喳從窗口飛進來：「嗨！各位好。」

他放下背包，從背包口鑽出土撥鼠，向大家招手：「我還真不習慣在空中飛行呢！」

土撥鼠搖搖晃晃，站不太穩。

「咩咩，怎麼愁眉苦臉的？不歡迎我們嗎？」

「不是啦！」妙咪貓說，「姆姆馬不小心吃了他的風景！」

「哪個風景？」麻雀和土撥鼠一頭霧水。

「就是這片草原。」

妙咪貓打開寫生簿。

「帥！草原跑到你的寫生簿去了！」小姆姆馬驚奇的說。

的確，草原在妙咪貓的寫生簿上栩栩如生。

「它本來在那邊，很美很美的……」羊咩咩指著河對岸。

弄清楚怎麼一回事後，嘰喳笑著說：「妙咪，這幅畫送給咩咩吧！讓他能夠天天欣賞以前的風景。然後……」

「當然沒問題，然後呢？……」

「然後，我們來玩一個遊戲。」麻雀嘰喳打開背包，掏出一個袋子，一邊打開一邊說，「這裡面都是花的種子，有矢車菊、野百合、紫丁香、玫瑰……」

「你哪來這麼多種子？」大家圍攏來，很有興趣的瞧著顏色形狀不一的小豆豆。

「我一路蒐集來的，」嘰喳喝了一口水說，「本來準備拿來當零食。待會兒把它們撒在那塊土地上，過一陣子就會變成另一幅風景了！」

「耶！好主意。」妙咪贊同的說。

他們吃完羊咩咩做的美味點心，土撥鼠說他吃太飽要去活動、活動。他來到河對岸，一溜煙鑽進土裡；沒多久，他們看到地面隆起一畦畦的鬆軟土壤。

「該我了！」嘰喳抓起一袋花籽，飛到草

原上空繞圈圈；袋子的表面剪了幾個小洞，種子由破洞漏出來，撒遍土地各個角落。

姆姆馬和小姆姆馬把繩子兩頭繫上灑水桶，套在背上，水桶垂在兩邊，就在草原上散起步來；妙咪貓和羊咩咩則幫忙打水。大家分工合作，很快就把工作做完。

「你們下次再來欣賞另一幅風景時，我用花朵烘烤各種口味的點心請你們吃。」羊咩咩興奮的說。

大家都很憧憬，盼望那幅美景快快到來。尤其是妙咪貓最高興了！他不但能和好朋友相聚，還可以畫一些色彩繽紛的新作品；再躺到花園裡，進入燦爛的彩色夢境。

給小朋友的貼心話

小朋友，正所謂「塞翁失馬，焉知非福」，你生活中有過這樣的例子嗎？

「走錯路的風景也許更美麗」；與其責怪別人或自怨自艾，倒不如坦然面對，說不定反而會有意外的收穫唷！

秋天和他的朋友們

被熱呼呼的夏天吃剩的風，挾著經過冷氣房吸到的一點涼空氣，颼颼的颳過大地、穿過樹林；樹林不禁顫抖了一下，「哈秋！」狠狠的打了一個大噴嚏。

不知什麼時候就吊掛在樹梢的秋天，驚跳了起來，震動了枝椏；一些早就想脫離樹枝的樹葉，趁這個機會擺盪了幾下，紛紛跟隨著風飄呀飄、晃啊晃，翻翻滾滾的跌落，跑到地面去和泥土談天、玩耍。

秋天卻像羽毛那樣，輕柔的飄浮在空氣中；到處瀰漫著一股淡淡的氣味，那是從秋天身上散發出來的野雛菊香。

秋老虎一直藏身在山坳，也被噴嚏聲驚動，衝了出來，氣沖沖的張牙舞爪，抓住落葉，也捉住了秋天；然後把他們都關進一個透明的大口袋，丟在樹下。

秋天在裡面不停的掙扎，落葉也吱吱喳喳驚叫個不停：「放我們出去！放我們出

去！」

秋風過來，伸出腳，頑皮的踢著大口袋；落葉滾了出來，秋天也滾了出來。有些秋天跳進一叢叢蘆葦裡面，跟著秋風搖著蘆葦的頭，蘆葦的頭髮就慢慢的被搖白了。有些秋風帶著秋天和繽紛的花瓣，在草地上跳繩，快樂得不得了。

秋天帶著水彩爬上枝頭，數著樹葉的皺紋，擠出顏料，調和許多美麗的色彩；深深淺淺、濃濃淡淡，一筆一筆的畫在樹葉身上。紅、黃、橘、褐、咖啡色，擠得原本寬大的綠色，一點一滴的消瘦了。槭樹不知道自己身上的哪片葉子是今年的最後一片；於是隨風搖動，把自己搖成秋風中的第一棵枯樹。

凋盡葉衣的槭樹，揮動光禿禿的枝條，憂愁的說：

「秋風啊！你把我的葉衣都吹走了。我的枝梗全裸露出來，好醜陋耶！我要伸向哪裡才好啊？」

風說：「我來想想看……」

秋天說：「我也想想……」

過了一會兒，秋天說：「把你的枝梗變成扶梯，伸向天空吧！讓我扶著你的手臂，爬到雲霧的家去。」

在風的推動下，槭樹扭轉著枝條和枝椏，漸漸形成一座扶梯，一階階往上伸長，直到看不見盡頭。

秋天往上爬，秋風跟在後面，爬到扶梯頂端，看見白雲的家。

「叩、叩、叩！」風敲門。

門開了，霧穿著蟬翼般的白紗大圓裙，婀娜多姿的出現在門口，說：「白雲不在家！」

「霧！我們是來找妳的。」

「秋天！」霧露出喜悅的笑容，「你終於來了，我在等你耶！」

霧走出天空的大門，突然想到什麼：「等一下！」

她進到屋內，拿了一個造形奇異的瓷瓶出來：「白雲要我帶這個給你們。」

「那是什麼？」秋天牽著霧的手，走進秋風裡。

「白雲做了一些冷冷涼涼的霜露，叫我灑向大地，嚇走可怕的秋老虎。」

「太好了！」秋天說，「討厭的秋老虎，火氣可大了！剛才把我和落葉都關進大口袋。熱死我了！」

「真壞！」霧從扶梯輕輕飄下來，擰開瓷瓶的瓶蓋，一大蓬乳白色的霜露如水煙般

浩浩渺渺，瀰漫開來，白濛濛一片。

飄浮在花叢間的霜露，凝結成小銀珠，像亮晶晶的耳環，掛在花朵的耳垂上。遊蕩到清涼樹林裡的霜露，都凍結成薄薄的牛乳片。

樹用手把牛乳片撕碎，一片片放入嘴巴裡，還一邊喝著露水。

「多吃一點吧！」秋天說，「霜露會給你力量度過寒冬；等到春天，又能長出青翠的嫩芽來。」

秋天歡喜的躺在厚厚落葉疊成的柔軟床上；滿月放射朦朧光華，為她蓋上一床裝了細白棉絮的小薄被。在輕輕的鼾聲裡，孕育明年春天的鮮綠……

給小朋友的貼心話

小朋友，你知道「秋老虎」代表的是什麼嗎？

季節的不同讓周圍的自然景色有所變換，我們才能感受到大自然的美；如果環境被破壞的話，自然生態也會跟著改變。所以，我們一定要愛護地球，才不至讓這些美麗的景色消失。

一塊錢

公車來了，一個背著書包的中學生，從口袋掏出車票。

一塊錢銅板跟著滑了出來，掉在紅磚路面，噹啷的滾得好遠才停下來。

一塊錢撫著摔疼的胳膊，躺在地上，聽見匆忙的腳步聲，也聽見悠閒的腳步聲。他看見一雙黑鞋走過去、一雙綠鞋走過去，許許多多長相不一樣的鞋走過去；背著不同的背包，穿著不同的衣服。

陽光溫暖的照在他身上，把他照得亮晶晶的。

「嗨！」好像有人跟他打招呼，卻沒有一雙鞋、或一個腳步聲停在他的身邊。

「嗨！」他又聽到聲音了，四下張望了一下。

「我啦！」路邊的白鐵條坐椅朝他招手，「我看到你滾了下來！」

「是啊！我太不小心了。」一塊錢摸摸頭上腫起的大包。

「你還好吧？」

「還好，」一塊錢伸展紅一塊、黑一塊的手腳，「你怎麼在這裡，也是滾下來的嗎？」

「不是，我住在這裡。」

「住在這裡？」一塊錢睜大眼睛。

「對呀！常常有人走到這裡，腿痠了、疲倦了，我就會讓他們坐著或靠著休息。」

「誰都可以坐嗎？」

「當然嘍！不論是總統或是流浪漢來，愛休息多久就休息多久，我都不會趕他們走。」

「好了不起！」一塊錢尊敬的說。

「不算什麼啦，這是我的工作。」白色鐵坐椅不好意思的擺擺手。

「像我，就不知道還能做什麼。」

「你做過什麼呢？」

「我做過……」一塊錢想了想，「小朋友曾經快快樂樂的用我去換了很多顆糖果，還有……用我買了一、兩枝冰棒，有人買了十幾粒彈珠和遊戲

牌……對了，還被用來坐過公車！」

「你也很棒耶！」

「是嗎？可是，沒人要我了。」

「你只是不小心跌下來。」

「但是，為什麼那麼多人走過去，卻沒有一個人要撿起我？」

「他們沒看見你啦！」白色鐵坐椅安慰他說，「老是待在錢包裡面，沒什麼好玩吧？」

「嗯，不好玩。」一塊錢說。

「我們這裡才好玩呢！」鐵坐椅抬起頭叫著，「你看。」

路邊一棵羊蹄甲的花瓣，像一隻小蝴蝶般，緩緩飛落在一塊錢的身上。

「你聞聞它的香味，它會讓你忘了馬路上汽車的油煙味。」

一塊錢嗅著花香，聽見樹枝頭的幾聲蟬鳴；遠方，一火車夕陽的黃金慢慢融化在天邊絢爛的色彩裡。

這些景象，的確是躲在錢包裡永遠看不見的。一塊錢驚

奇的欣賞著，忘了身旁來來去去的腳步聲。

「又到路燈點亮的時候了。」鐵坐椅伸了一個懶腰。

街燈細長的腳，從一塊錢的眼前一直往上伸長，彷彿支撐著天空；投射下來的燈光，在一塊錢的身上，照映出些許鏽紅色光芒。

「你的光芒真好看！」路燈說。

一塊錢仰望路燈微笑的臉，不好意思的說：「是因為有你的光……」

「如果你自己不會發亮，我再怎麼照射也沒有用啊！」

「就是嘛！」鐵坐椅說，「路燈，一塊錢雖然小小的，做過很多事耶！」

「剛才我聽見你們說的話了。」路燈說。

「我還是覺得我沒有用了！」一塊錢一想到，他在這裡從白日坐到黑夜，仍然沒人理會他，就感到很喪氣。

「我的工作來了！」鐵坐椅高興的說道。

一個小學生坐在鐵坐椅身上，打開補習班的包包，不停翻找，嘴裡念念有詞：「怎麼辦？車票不見了，好像沒帶錢包？」

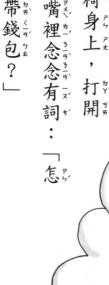

路燈趕快把他的光線盡量集中，投照在一塊錢身上；鐵坐椅也把陰影挪開一點。

小學生掏了一會兒，提著包包站起來，一眼看見紅磚道上躺著閃閃發光的一塊錢。

一塊錢高高興興的對他倆眨著眼說再見。

沒多久，白色鐵坐椅和路燈聽見公共電話那頭傳來：「……媽！……我在……快來接我……」

給小朋友的貼心話

小朋友，你知道台幣一塊錢上的人像是誰嗎？

不要因為年紀小就妄自菲薄；「天生我材必有用」、「小兵也能立大功」，只要使出自己的一分力，就會發現自己能做的事情還真不少！

銀湯匙

銀湯匙被人從拍賣場帶走，和一些有點磨損的錫湯匙放在一座陳舊的櫥櫃裡面。四周擺放的碗盤，顏色黯淡，彷彿用了很久，全都失去他們原來該有的光澤。

銀湯匙看看身邊的夥伴，

不禁重重的嘆了一口氣。

「嗨！新朋友，我的名字叫『扭一扭』。」一支握柄有些扭曲的錫湯匙探過頭來。

「這兒是什麼地方啊？」

「這裡是一座小小的農場。」邊緣被磨去一小角的圓瓷盤回答。

「他叫『磨一角』。」扭一扭說。

「天哪！我怎麼會來這種地方？」銀湯匙一臉懊惱的叫道，「這裡多麼陰暗。」

「不會啊！你瞧，陽光時常進來玩。」

陽光穿過樹葉，從竹窗簾縫隙透進來。

「我以前住的地方雖然看不見陽光，但黑夜的時候也跟白天一樣明亮。」

「我住過那種地方。」雖缺角但仍白淨的磨一角說，「很寬、很漂亮的房子。」

「一點也沒錯，那裡富麗堂皇，很有氣派。」銀湯匙無限懷念的說，「我和金湯匙們被擦拭得晶亮，擺在潔白的餐巾上。」

磨一角接著說：「下面鋪了鑲金邊、鏤花的蕾絲桌巾；餐桌中間擺著典雅的花瓶，插著美麗、芬芳的花朵。」

「還有優美、動聽的音樂。」銀湯匙說。

錫湯匙和其他碗盤們，都在想像磨一角和銀湯匙說的情景。

「你也很想念那些日子，對不對？」

銀湯匙說。

磨一角晃晃腦袋想了想：

「沒有耶！我只是記起來曾經有過那種生活。」

「為什麼？」

銀湯匙問。

磨一角還沒回答，一頭捲髮、身材微胖的女主人進

廚房來了：她哼著歌，打開冰箱，取出幾樣蔬菜。「我早上忘了拉開窗簾了！」說著她又哼起歌來，一邊拉開竹窗簾；霎時，擠在窗口的日光全跑進來。

銀湯匙被亮晃晃的日光扎刺得不停眨眼睛，老半天才恢復過來。「這兒也很明亮吧？」磨一角說，「我們這裡的光亮帶著陽光的溫熱。你聽，女主人唱的歌兒多好聽，不會輸給優雅的音樂呢！」

銀湯匙看到女主人快樂的準備午餐，回想起以前那座大樓房，從沒見過女主人下廚房，男主人也很少回家吃飯。

沒多久，菜餚的香味飄散整座屋子，咚咚咚的跑進來一個小小女孩喊著：「媽媽您看！爸爸幫我摘的花。」

「好漂亮的花喲！放在板凳上，媽媽幫妳找個瓶子。」

小小女孩卻把花塞進女主人圍兜的大口袋裡。

女主人微笑著說：「去、去洗手，吃飯了。」

小小女孩又咚咚咚的跑出去。扭一扭憐愛的看著她的背影說：「有一回，她拿我去挖泥土，你知道我有多興奮。」

「的確很不一樣。」銀湯匙開始有些體會錫湯匙的感受了。

女主人把紅色、黃色、白色的野花，插在綠色玻璃瓶裡，放在飯桌旁；飯菜早已上桌，「磨一角」盛了滿滿一盤奶油濃湯，和其它碗盤裝的菜餚擺在一塊。

男主人抱著小小女孩進來，坐到餐椅上；女主人拿來錫湯匙和銀湯匙，把銀湯匙擱在小小女孩的面前說：「用新湯匙，慢慢吃呵！」

小小女孩抓住銀湯匙，敲著飯碗嘻嘻笑，銀湯匙被逗得也高興了起來。

以前的男女主人經常不在家，大部分的時間，小主人只有女傭陪著吃飯；所有的銀湯匙、金湯匙和漂亮的碗盤們，都被擦拭得亮閃閃並擺在櫥櫃內展示，很少有機會被拿出來使用。

銀湯匙終於明白，為什麼圓瓷盤不會懷念大房子的

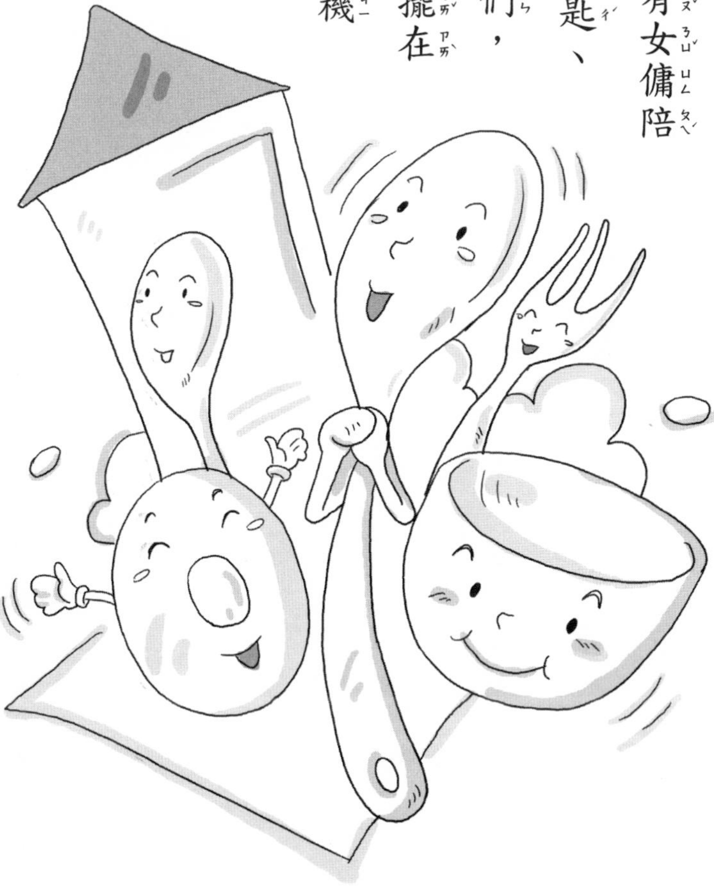

生活；在這裡，他們才能每天和主人一家人一塊兒吃飯，覺得自己真的是一個盤子或一支湯匙。

給小朋友的貼心話

小朋友，盤子和湯匙因為被使用而感覺自己是個盤子跟湯匙，那你呢？試著想想看，「你」要怎麼樣成為一個生活得有意義、不能被取代的「你」呢？

此外，我們可以試著去體會「使用的幸福」，像是用一支筆寫出工整的字體、一張椅子提供的舒適感、食物帶來的美味等，這些都是不去使用就無法感受到的。

當我們瞭解每樣物品存在的意義，我們就能心存感激的珍惜每個時刻。

灰象的畫

蘋果姑娘穿了一件大紅洋裝，坐在木頭桌子上，擺出優雅的姿勢。

「這樣好，頭再斜一點，手自然的擺在裙子上。」灰象戴著畫家帽，坐在畫架前面，拿著畫筆指揮，一副大畫家的模樣；他要畫一張漂亮的畫，去參加一年一度的繪畫比賽。

「好了嗎？我要開始畫了！」他擠了一些顏料到調色盤上，很認真的畫了起來。他的技術很好，東一筆、西一筆，不一會兒就完成了。

「快來看看，我把你畫得美不美？」灰象欣喜的喊著。

蘋果姑娘一蹦一蹦的跳下來，又遠看又近看的，看了一會兒說：

「嗯，美！我的紅衣裳好美麗。」

被蘋果姑娘一稱讚，灰象越畫越起勁了。

不過，畫面只有蘋果好像太單調，所以在旁邊多加了一個鳥籠。鳥籠很特別，那是灰象爺爺的鳥籠，灰象從小就天天看爺爺提著它到公園遛鳥。鳥籠現在

還懸掛在他們家的屋簷下，裡面養著一株媽媽的長春藤。

有了鳥籠，也得住一隻鳥兒才像樣。再添一個鳥窩，畫上背景……灰象畫得很入神，啁啁啾啾的鳥叫聲響了很久，牠才聽到是籠裡的鳥兒叫了。

「別把我關著！」小黃鶯大聲叫。

「別吵，我畫一些穀粒給你吃。」

「不要！」

「住這麼漂亮的鳥籠，你幹嘛出去？」

「我喜歡在天空裡飛呀飛，多逍遙！」

蘋果姑娘瞇起眼睛說：「嗯！可以飛在陽光下、微風中。」

「就是啊！」小黃鶯愈叫愈大聲。

「唱首優美的歌兒啦！瞧你叫得多難聽！」灰象說。

「在鳥籠裡面，哪能唱得好聽啊？」

「可以對著天空、原野……」灰象說。

小黃鶯說不唱就是不唱。

「你讓他出去唱嘛！」蘋果姑娘說。

吵了半天，灰象只好把鳥籠塗掉。

蘋果姑娘希望回到蘋果樹上，感受微風的吹拂和陽光的映照；鳥兒要停歇在枝頭歌唱，偶爾躲在樹蔭裡，跟風玩

捉迷藏。

灰象只好重新構圖，直到畫完最後一朵悠遊的白雲，才滿意的放下畫筆。這時，畫裡的青草香從他的鼻前飄過，耳邊也彷彿傳來淙淙的溪水聲；掛在蘋果樹上的蘋果，也散發淡淡的果香。他陶醉了。

「喔，終於完成了……」

他想，把畫拿去比賽之前，先躺到蘋果樹下，看看藍天吧！

給小朋友的貼心話

小朋友，有些畫家面對相同的風景，卻在不同的時間畫了好幾次。你知道畫家為什麼要這樣做嗎？

世界上每個事物都有它本來的特性，要是強迫它違背了本性，它一定不會快樂的。讓事物處在最舒適、原始的狀態，往往也是它最美的狀態。

風車摘星星

風車站在原野中，讓一陣風穿進穿出，旋轉著雙臂和耳朵。風把小提琴藏在空氣中；優美的琴音，隨著風車迴旋的軌道悠揚的散播開來。

風車轉到左邊時，海天一線的澎湃海洋就在眼前；轉到右邊，可以看到一群山鹿在廣闊的草原上狂歡跳舞。

轉到頭頂最高點，風車拉直手臂，伸出一隻手指，在藍藍的天空畫上幾朵白雲。

有些時候，他會像一隻把頭藏入翅膀的白鶴，單腳站立，一動也不動的靜止在那兒。

有一天，一隻風箏正要升空時，風車喚住他說：「風箏，天空可不可以先借我一下？」

風箏煞住起飛的翅膀，他說：「可是，我得跟著風

穿過白雲。」

「穿過白雲幹嘛？」

「我要去把星星摘下來。」風箏亮著雙眼說。

「星星今天都到銀河裡去玩了，你摘不到的。」

「風怎麼沒有告訴我？」

「風好忙啊！等到夜晚的時候，我可以幫你摘。」

「要摘多少就摘多少？」風箏問。

「沒問題！」風車轉到地面，河渠裡有許多晶瑩的水珠在他倒立的眼前不停跳躍。

風箏看著風車說：「你就像原野上一朵超大號的太陽花，真壯觀啊！」

「曾經有人認為，我是一個巨人……」風車把蹦跳到他臉上的水珠趕入河裡；「那個人叫『唐吉訶德』。我也覺得自己像個巨人，才能夠和『風』那個大力士一起工作。我白天時和風一起辛勤工作，吸取地底下四面八方的水珠，凝聚成水流。」

河溝裡面，清澈的水流從風

箏的腳邊緩緩繞過。

「水流向美麗的花朵，幫她們維持嬌艷的顏色；水流向黃土地上一畝畝的稻麥，給他們帶來生機，結出飽滿的穗。」風車一邊上升一邊說，「水流向大樹，也流向小草；順著土地的紋路或是河溪，還會流往大海。」

過了一會兒，風車又滑了下來；「你看那片藍天，它是我的畫布。有空時，我會畫上一些浮雲。」

「要是風帶我飛上去……」風箏說。

「藍天就會變成一幅動人的圖畫。」風車說著又往上升。

黑夜慢慢籠罩大地，風車停在水流上面，對風箏說：「我看見月亮醒來了，她說別碰彎她的月光。這會兒，我也要休息了。」

「可是……」風箏結結巴巴的說，「你還沒有幫我摘星星。」

「誰說沒有？你看那裡，」風車指著有些陰暗的水面，「那不是星星嗎？」

風箏仔細一看，像鏡面一般的水中，果然閃爍著幾顆亮晶晶的星星……

給小朋友的貼心話

小朋友，你聽過《唐吉訶德》這本書嗎？書裡頭的主角是個什麼樣的人呢？

夢想就像星星，取得星星的方式不只一種呵！有時候要換個角度看，事情會變得更容易！

燈的魔術師

城市裡的燈火，一盞一盞的點亮了。

每一盞燈都像魔術師般，左手甩動奇幻的高筒帽，閃晃著一圈又一圈的多彩光線；那是從明亮的白日那裡蒐集來的。

右手則把一大硯台的墨汁潑灑出去，緩緩擴散在天和地之間，彷彿撒下天羅地網。他要變出去年秋天相繼失蹤的螢火蟲，還有一顆遺失了的北極星。

蛙群和紡織娘組成一支龐大的樂團，合奏動聽的樂曲，做為魔術師變魔術時的背景音樂。

一群蚊子和飛蛾，圍聚在燈的魔術師舞台前面，看起來好像一個透出亮光的燈籠。

「變！變！變！我們要看新的魔術！」蚊子嗡嗡起鬨。

燈的魔術師看看舞台四周，山峰要睡了，鳥雀要睡

了，街道也要睡了。

「你們先別睡，我的魔術正精彩呢！」

「你還要變什麼？」街道說。

「也許變出幾隻羊來。」

山峰驚訝的說，「我剛剛數了羊……」

「我把你數的羊變出來。」魔術師揮動魔術杖說。

蚊子和飛蛾騷動起來，音量大到可以組成另一支樂團。

「噓！噓！」魔術師揮動魔術棒，叫大家安靜。

夜空中，一群聒噪的星辰，正在爭吵黑夜是不是他們發光的原因；他們聽見了魔術師的話，好奇的停下來探頭瞧著。

魔術師手中的高筒帽耍來耍去、丟上丟下、左翻右翻，讓觀眾們看得清清楚楚——裡面什麼都沒有。

魔術師對著朝上的帽口吹了一口氣，大喊了一聲：「變！」

一隻羊從帽子裡跳了出來，一隻松鼠從樹梢跳出來，一隻白兔從月亮跳下來，一隻鹿從雲端跳下來。

「山峰先生，你好像不只數羊

唷……」燈的魔術師有點困惑。

「對啊！還有數了……」山峰正要說，從山林的倒影又跑出小猴子、小野豬。

「最後就是小野豬了，其它的還沒數到……」山峰訕訕的說。

「山峰，你睡覺之前都這麼忙嗎？」蚊子說。

「是啊！他們都住在我的山窩裡；睡覺前，我得一個一個點名，知道他們都回家了，我才睡得著。」

一顆流星劃破了夜空的黑幕，掉到地面。他張大了嘴巴，喝了一口朦朧的月光，使她看起來像那些失蹤的螢火蟲。

「流星？我可沒有數到你呵！」山峰詫異的說。

「我跟月亮去散步。」流星指著緩步輕移的月亮，擺出優美的姿勢說，「我從天空的溜滑梯滑下來的時候，樣子美不美？」

「太美了！金光閃閃，像一簇小小的燦爛煙火。」

「謝謝你們！」流星很高興。

「月亮走遠了，你不跟上去？」山峰望著天際說。

「跟你們在一塊，挺不錯的。」

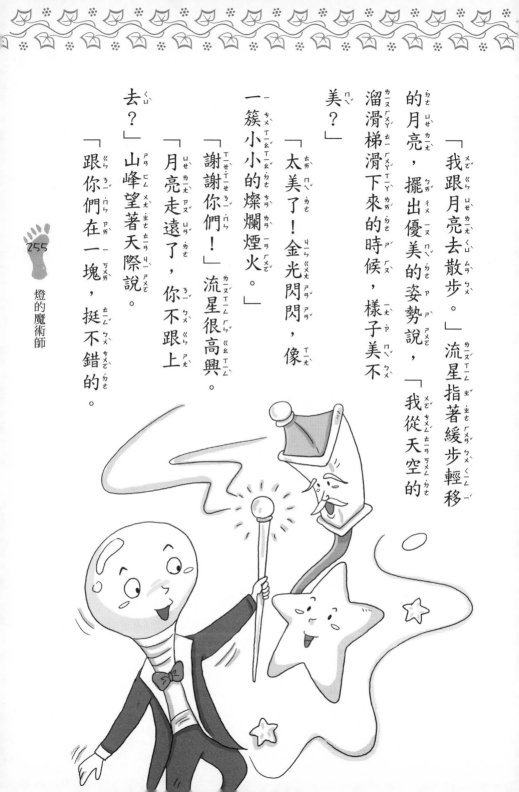

我不回去了！」流星看看四周說。

「好主意！」大家異口同聲。

「我們得幫他找一個家。」街道說。

黑夜裡，每一盞燈都亮燦燦的。

「你想個辦法嘛！」大家望向魔術師。

「有了！巷口的路燈老了，得休息了。」魔術師拿起魔術杖點了點路燈，然後對流星說：「你要不要住到巷口路燈那兒，讓他休息；你可以繼續發光，幫晚歸的人照亮回家的路。」

「當然願意！」流星一臉興奮，「想不到，我在天空發亮，來到地上還能夠一樣發光，多好呀！」

給小朋友的貼心話

小朋友，你有看過魔術表演嗎？會不會覺得魔術師們都很厲害呢？

流星在天上只能讓人欣賞，到了地上意外的當了路燈，便能夠照亮道路、為人服務。我們也該像流星一樣，以服務別人為樂唷！

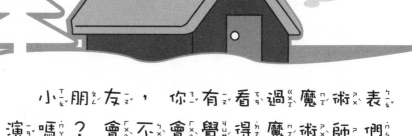

失去聲音的腳印

鞋子走在街道上，一步一步的留下許多腳印；忽然，其中一個被馬路給緊緊拉住。

「放開我！放開我！」腳印一邊大喊，一邊拚命掙扎。

「你說什麼？」馬路豎著耳朵問。

「我聽不清楚……」馬路說，「你大聲一點嘛！」

腳印洩氣的坐在那兒。

一雙路過的溜冰鞋，停下來說：「他的聲音被櫥窗藏起來了！」

「原來是這樣！」馬路有點吃驚又有點遺憾，「我正想跟你談談天呢！」

「櫥窗怎麼會……」腳印突然記起來似的，「對了！剛才鞋子經過櫥窗的時候，曾經停下來看一頂漂亮的帽子，看了很久……」

腳印哭喪著臉，馬路看到腳印悶悶不樂的樣子，問身旁的小石子：「他怎麼了？」

「我也不知道。」小石子說，「我可以變成一枝筆，讓腳印把要說的話寫出來。」

腳印好高興，抓起小石子寫著：「我的聲音被留在櫥窗裡了！」

「那麼，就得去找櫥窗了。」馬路說，「小石子，我們得幫腳印要回他的聲音。」

「好啊！咱們倆一塊去。」小石子說。

小石子和馬路來到櫥窗面前。馬路說：「櫥窗呀！腳印不能沒有聲音，請把聲音還給他吧！」

「腳印的聲音？」櫥窗一副不懂的樣子。

「是啊！」小石子雖小，嗓門可大著呢！

「我不知道！」

「櫥窗，不久前，鞋子和腳印曾經在你這兒站了一會兒；那時候，你把腳印的聲音給藏了起來。」

「喔！」櫥窗說，「腳印的聲音在我這兒沒錯；只是……」

「只是什麼？」小石

子可有些發火了。

「我的回音框吸進了腳印的聲音；可是，每天從我門前街道經過的噪音及雜音太多了，我根本找不出來，也搞不清楚哪個是腳印的聲音。」

「那怎麼辦？」馬路大叫一聲，把大家都嚇一跳。

「別緊張！別緊張！」櫥窗拍著馬路的肩頭說，「剛才腳印說，他還要去尋找更多泥土上的腳步聲；只要他和鞋子一起合作，站得穩穩的，深深的把腳印踏在大地上，腳印的聲音就會恢復了。」

「是嗎？」小石子說。

「真的！你們瞧，」櫥窗指著正在跨過馬路的鞋子說，「鞋子來

了！」

「腳印，我走到半路，才發現你沒跟來。」鞋子緊緊牽著腳印的手說。

「可是，我的聲音已經不見了！」腳印寫道。

「沒關係，讓我們走更多更遠的路，

聲音就會回來的。」鞋子說。

夕陽下，鞋子牽著腳印的手，繼續走向遠方未知的旅程……

給小朋友的貼心話

小朋友，你曾注意過不同的鞋子會有自己獨特的聲音嗎？快去試試看家中的鞋子有怎麼樣的聲音吧！說不定，你也可以奏出美麗樂章呵！

有一些人在學業上的表現不好，有一些人對畫畫不擅長……他們就像失去聲音的腳印，只是暫時沒辦法發揮所長；等到有人能像鞋子來陪伴、指引他們，總有一天，他們的專長也將大放異彩。

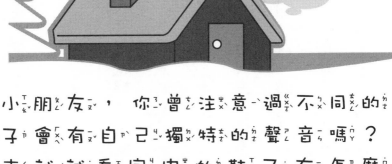

熱帶魚和大藍貓

夜晚，大藍貓睡醒了，舔一舔淌下來的口水，他嗅到魚腥味。

魚缸裡，熱帶魚游來游去，優游自在。

大藍貓跳到魚缸旁，趴了下來，眼睛一眨也不眨的瞧了一會兒；兜一圈魚缸，又趴回去，用手拍拍缸玻璃說：「嘿！你很愛動。」

熱帶魚嚇一跳，游到另一頭說：「這裡太小了呀！」

「你以前住的地方很大嗎？」

「很大很大……」熱帶魚一副不知怎麼形容的樣子。

「是不是小溪澗？水比魚缸多好幾倍。」藍貓說。

熱帶魚游了幾圈，說：「小溪澗？我曾經打那兒經過，比我生長的地方小太多了。」

藍貓想了想說：「大河流！一定是大河流。」

「不是！」熱帶魚嗅了嗅綠水草，搖搖頭，「我知道大河流很寬大，

但還是差太多了！」

「那到底是什麼地方？告訴我啦！」藍貓抓抓腮幫子，鬍鬚幾乎全站立起來。

熱帶魚又轉了一圈，吐出幾個泡沫說：「海洋！」

「海洋？它有多大？」

「多大？」熱帶魚鑽過小水草說，「你想看見對面岸邊，沒那麼容易，得游好幾個月或是好幾年。」

「真的呀！」

「它的邊際好像和天空連在一塊，我們常常想從海天連接的地方爬上天空去……」

「去了嗎？好不好玩？」黑貓插嘴問。

「沒有，再大的魚都找不到海和天連接的地方；去找過的魚，回來跟我們說，不管游多遠多久，看過去全是一片汪洋。」

藍貓說：「我想像不出來它有多大耶！」

「別想了！我也沒辦法講清楚。」熱帶魚停歇在缸底的彩色玻

璃圓珠上，他記起在太陽照射下、那璀璨多彩的海平面。

「或許，哪一天我也坐一艘船去看看海洋。」藍貓說，「那裡有跟你一樣美麗的魚嗎？」

「太多了！」熱帶魚吐一口泡沫說。

「你要不要出來玩？」藍貓的鼻子彷彿聞到魚香味，他嚥下口水：大海洋的魚兒，滋味一定很特別。

「我不想跟水說再見。」

「到外面來玩嘛！」藍貓抓抓耳腮邊，「你看，外面的陸地多麼寬闊、多麼廣大，不會比你們的海洋遜色。」

「可是，我沒聽見海浪的聲音。」

藍貓有點不耐，尾巴甩上甩下，動著腦筋；想不到好辦法，他沉不住氣的跳上魚缸頂，抓刨著魚缸蓋。

熱帶魚躲在水草裡面，靜靜聽著頭頂劈里啪啦的抓攪聲。

忽然，魚兒聽見一道水聲潺潺而來。魚缸的水沒有波動啊？水的流動聲越來越近，一道月光像一條銀色小河般，穿進屋裡，涓涓的流進魚缸。

水漸漸漲滿了，推開了蓋子。藍貓趁機把兩隻手伸入魚缸，手爪腳爪一起來，一下子就把東躲西藏、嚇破膽的熱帶魚撈了起來。熱帶魚差點兒被尖銳的利爪劃破魚鰭，驚慌中奮力一跳，跳進了月光河。河水開出一朵大水花，接住熱帶魚；熱帶魚擺動尾鰭，瞬間潛入水底。

藍貓往下撲的時候，已經太遲了！閃著白光的河岸擋住了他。熱帶魚早已順著月光河銀白、清澈的河水，泅向下游。

「隨著這條月光河，可以游向浩瀚的雲海，也能夠游到洶湧的大海。」河水對熱帶魚說。

給小朋友的貼心話

小朋友，如果你是小魚，會不會上了藍貓的當呢？

要是小魚三心兩意的也想上陸地看看，那就讓自己陷入危險嘍！

所以，我們應該好好認識自己，知道自己想要的是什麼，專心的往目標前進，這樣必定更能實現理想。

池塘、水缸、河流、海洋、湖泊——以上五項，你能根據它們的面積大小，由小到大排列嗎？

白色氣球

「慢慢走呀，洛洛。」

小小男孩在草地上跑著、跳著，手中的白色氣球隨之上下起伏飄動。

小小男孩的笑聲像一串鈴聲灑向四方；有些笑聲停在鈴噹花上，

變成鈴噹，在風裡叮鈴噹啷的響個不停。

小小男孩手中握著白色汽球的細繩，媽媽牽住他另一隻手，愉快的在草原上散步。

他們剛剛碰到賣汽球的小販，他選了一個白色汽球，就一路蹦蹦跳跳、高高興興的要帶回去給隔壁的娃娃看。

「媽媽，我要去找娃娃玩。」

「好啊……」媽媽還沒說完，就聽到「哎喲！」一聲驚叫；小小男孩踢到小土堆，摔倒在地上。小手鬆開了，白色汽球往上飄浮，漸漸飛遠了。

「汽球……汽球……」

白色汽球聽見小小男孩的哭聲，可是他止不住自己，還是一直輕飄飄的往上飛。

白色汽球飄著、飄著，他無法想像自己能飛得這麼高。天邊的灰雲像一列馬隊，從藍色天空的大路走過去。

一陣趕路的風推著他，「咻」一聲往前衝；不知跑了多遠，他一頭撞上彩虹的腳，才眼冒金星的停在那兒。

「天空這麼大，你怎麼還撞上我啊？」彩虹撫著腳說。

白色汽球摸摸腦袋，回過神來，連忙說：「對……對不起！」

「你打哪兒來的？」

「那兒……」白色汽球指指地面，瞥見小小男孩哭累了、睡著了，媽媽抱著他坐在石椅上。

「我本來和小小男孩一塊兒玩……」

「小小男孩？」

「對。」

「他在睡覺？」

「對。」

「太好了！」彩虹興高采烈的說。白色汽球不清楚彩虹在高興什麼，正要問的時候，彩虹先開口了：「我得趕快準備釣鉤。」

白色汽球更好奇了，「準備釣鉤做什麼？」

「原來你不知道？我最喜歡釣小孩子的夢了。」

「釣小孩子的夢？」白色汽球滿頭霧水。

「對呀！我希望小朋友的夢都是彩色的、美麗的……」

「那麼……」

彩虹沒等白色汽球講完，又搶著說：「我把黑白夢釣上來，將它變成彩色的再放回去，小朋友就有美妙的夢境、快快樂樂的回憶了。」

白色汽球想，剛才小小男孩為他哭得好傷心，他現在的夢境一定是黑白的。「彩虹，」白色汽球猶豫的說，「你能不能……幫他換個彩色的夢。」

「還用你說，我鉤鉤都裝上了！」

「你可以把我放進他的夢裡嗎？」

「簡單，看我的。」彩虹說完，把身體彎得更像一枝彈性很強的鉤竿；他愈彎愈低，七種色彩不停變換。

「鉤上來了！」彩虹抓起鉤鉤說，「他的夢裡含有淚珠。」

白色汽球幫小小男孩擦乾夢裡的淚水，

彩虹把黑白夢換成彩色。

他們倆倚在天邊，笑吟吟的看向地面。

小小男孩睡醒了，馬上拉著媽媽的手蹦蹦跳跳，鈴聲般的笑聲洋溢天地間。媽媽說：「我們去看看汽球攤還在不在。」

小小男孩手中緊緊抓住最後一個白色汽球，跳著笑著，要去找娃娃一起玩汽球……

給小朋友的貼心話

小朋友，你有注意過你做的夢是黑白還是彩色的嗎？

一個白色氣球就像一個機會，每個人都有機會來敲門的時候；最重要的是，機會來的當下，你是否能將它緊緊抓牢。

音樂會

「喀嚓！」門關上，鎖住了。喇叭鎖噓了一口氣，聽到主人關大門、關鐵門。

安靜了片刻。

「主人出去了嗎？」掛在牆上的橫笛，說話音韻婉轉。

「是啊！」喇叭鎖把頭伸到門外看了看，客廳陰陰暗暗的，所有的家具都在睡覺。

「啊……」小喇叭張大嘴巴打哈欠；高昂的聲音，足夠趕跑大夥兒的瞌睡蟲。

「真無聊。」大鼓換一個姿勢，震天價響的聲勢也不小。

「今天是我的生日耶！」大提琴渾厚低沉的鼻音，聽起來很有味道。

「真的啊？好棒！」小提琴優美的嗓音，像長了翅膀，在樂器室內迴繞好幾圈。

「開個音樂會慶祝吧！」鋼琴叮叮咚咚很悅耳。

「好耶！很久沒熱鬧了。」豎笛清朗的說。

「我們各自演奏一曲，還是來個大合奏？」大喇叭拉開寬廣的嗓門，興致勃勃。

「我……我可以參加嗎？」喇叭鎖畏畏縮縮，用他喀啦喀啦的破嗓門說。

大家都把視線轉向喇叭鎖，露出不可思議的表情，害喇叭鎖脖子縮得更短。

「你要參加我們的音樂會？」

「拜託！你們又不是沒聽過他的聲音。」

「對呀！他是我們這裡唯一的噪音耶！」

「我天天跟你們在一起，也會一些小曲子。不然，我唱給你們聽……」喇叭鎖鼓起勇氣囁嚅著說。

「別唱、別唱！你喀啦喀啦的聲音，我們已經聽多了。」

「好嘛！我當聽眾總可以吧！」喇叭鎖委屈的說。

「你鼓掌就好了。」

大家又開始討論音樂會怎麼開。

「安靜、安靜！」喇叭鎖突然制止大家出聲。

「又有什麼事情？」

「噓，外面有聲音。」

「主人回來了嗎？」

「不是，」喇叭鎖伸頭看了看，「是一個陌生人。」

「陌生人？是誰？」

「不知道……也許是……小偷？」喇叭鎖稍微緊張了。

「小偷！怎麼辦？」大夥兒也跟著緊張起來。

「噓，別出聲。」喇叭鎖緊緊盯著門外。陌生人翻箱倒櫃，一間搜過一間，終於走向樂器室。

「小偷來了！」喇叭鎖低聲說。

「主人最寶貝我們耶！」

「別怕！我來對付。」其實，喇叭鎖怕得要命，他故作鎮定；「我決不會讓他進來。」

陌生人揪住喇叭鎖的耳朵，扭來扭去，轉左轉右，想要打開門。

喇叭鎖將他的雙腳死死卡在鎖洞的卡榫裡面。小偷從口袋掏出一堆工具，用了一個又一個；喇叭鎖

不僅撐住兩隻腳，連雙手也用上了。

大家輕聲為喇叭鎖加油。

小偷亂撬一陣，始終撬不開，嘴巴罵個不停。最後，他用力踢了幾下門板，把大家嚇壞了。

還好，小偷撬不開鎖，就氣沖沖的走了。

樂器室響起了如雷的掌聲。

喇叭鎖忍住流血的雙手、雙腳、以及耳朵的疼痛，高興的跟著大家笑。他原本該負責鼓掌的，沒想到竟然先得到掌聲。

「我們要跟你道歉，喇叭鎖。雖然，你不能像小喇叭或大喇叭那樣，唱出動聽的曲子；但是，你特有的能力也是我們比不上的。」

「哪有……我只想到不能讓小偷打開門，把你們偷走；你們是我的好朋友，也是主人的寶貝呀！」

「這會兒，我們可以開音樂會了。」鋼琴說。

「我的手受傷了；不過，鼓掌應該沒問題。」喇叭鎖動動手指頭說。

「你……要不要和我們一起合奏？」大提琴說。

「什麼？別嚇我……

我……會破壞優美的樂曲。」

「放心，一點兒都不會。我們剛剛決定，先演奏生日快樂歌，再演奏一首『英雄交響曲』來歌頌你這個英雄。」小喇叭說。

「我現在會怕耶！」喇叭鎖越想，越覺得演奏樂曲好像比抵抗那個小偷還要困難。

「別緊張，你不會破壞樂曲；你只要在樂曲演奏中間停頓的時候，把你最拿手的「喀嚓」那一聲加進去，表示英雄出場就行了。」

於是，演奏會開始了！

給小朋友的貼心話

小朋友，你知道「喇叭鎖」為什麼被稱為「喇叭鎖」嗎？

喇叭鎖是不是很勇敢呢？在面對危險的時候，你有沒有這樣的勇氣挺身而出？不過，一定要考量自己的能力唷！

國家圖書館出版品預行編目資料

失去聲音的腳印／陳一華／作；眞輔／繪—
初版.—臺北市：慈濟傳播人文志業基金會
.2008.10〔民97〕304面；15X21公分

ISBN 978-986-6644-03-0 (平裝)

859.6　　97019260

故事HOME 17

失去聲音的腳印

創辦者	釋證嚴
發行者	王端正
作　者	陳一華
插畫作者	真輔
出版者	慈濟傳播人文志業基金會 11259臺北市北投區立德路2號
客服專線	02-28989898
傳真專線	02-28989993
郵政劃撥	19924552　經典雜誌
責任編輯	賴志銘　、高琦懿
美術設計	尚璟設計整合行銷有限公司
印製者	禹利電子分色有限公司
經銷商	聯合發行股份有限公司 新北市新店區寶橋路235巷6弄6號2樓
電　話	02-29178022
傳　真	02-29156275
出版日	2008年10月初版1刷 2014年6月初版7刷
建議售價	200元

我的悄悄話

我的感動

我的心得

我的悄悄話

我的感動

我的心得

我的悄悄話

我的感動

我的心得

我的悄悄話

我的感動

我的心得